Tanja Wekwerth

Tanjas Welt

Tanja Wekwerth

Tanjas Welt

weitere 60 launige Kurzgeschichten

Illustrationen von
Jutta Bücker

MOEWIG

www.MOEWIG.de
Originalausgabe

Umschlag- und Autorenfoto: Laura
Printed in Germany
ISBN 3-8118-1809-0

Inhalt

1

Freunde mit hohen Ansprüchen

Dass ein Restaurant-Besuch mit Kindern sich als anstrengend erweisen kann, habe ich Ihnen bereits beschrieben. Dass es mit Erwachsenen noch komplizierter werden kann, weiß ich seit letztem Wochenende.

Robert, der liebste Ehemann und ich, waren mit einem befreundeten Ehepaar in einem feinen Restaurant verabredet, und ich freute mich schon ungemein auf einen entspannten Abend. Wir würden Gespräche führen können, ohne unterbrochen zu werden von kleinen Stimmchen, die unermüdlich rufen: »Mama, ich habe Durst. Mama, ich muss aufs Klo. Mama, mir schmeckt die Soße nicht!«

Wir würden in aller Ruhe essen können, ohne auf anderen Tellern Fleisch in winzige Häppchen zu schneiden und Erbsen nach links und Möhrchen nach rechts zu sortieren. Was für eine Freude!

Robert und ich saßen an diesem denkwürdigen Abend schon an einem weiß gedeckten Tisch, als Petra und Ulli eintrafen. Wir begrüßten uns herzlich, gerade brachte der Kellner vier Gläser Sekt. Alles war perfekt.

»Da wird ein Tisch am Fenster frei«, rief Petra nach dem ersten Schluck. »Wollen wir uns rasch umsetzen?«

»Ach, nein«, antwortete ich. »Das ist mir doch viel zu ungemütlich.«

Aber Petra wuchtete bereits ihre Handtasche auf einen der Stühle. Was blieb uns anderes übrig, als ihr zu folgen?

Nun saßen wir an einem verkrümelten Tisch voll von

schmutzigem Geschirr. Ein kalter Hauch Bratensoße stieg mir in die Nase.

»Ist das nicht viel schöner hier?« Petra strahlte mich über die heruntergebrannte Kerze hinweg an. Ich blieb ihr die Antwort schuldig und trank einen Schluck Sekt. Wenig später hatte der Kellner den Tisch neu eingedeckt, und ich begann mich wieder zu entspannen. Petra hatte ja Recht. Von hier hatten wir einen wunderbaren Blick auf den beleuchteten Kurfürstendamm. »Was werden wir denn Schönes essen?«, fragte ich munter.

»Es zieht ein wenig«, sagte Petra. Ulli verzog belustigt das Gesicht. »So ist sie immer«, lachte er laut. »Petra hat sehr hohe Ansprüche!«

Ich sah, wie Robert seine Serviette zerknüllte.

»Also, ich finde wirklich, dass es zieht!« Petra zog die Schultern hoch und schüttelte sich. »Von Zugluft bekomme ich sofort einen steifen Nacken.«

Konzentriert starrte ich in die Karte. »Dich scheint es nicht zu stören?«, beharrte Petra. »Sieh nur, wie die Kerzenflamme in der Zugluft flackert.«

»Ich setze mich nicht wieder um«, knurrte ich.

Petra starrte mich an, als wäre ich das egoistischste Geschöpf unter dieser Sonne. »Du sitzt ja auch nicht in diesem mörderischen Wind!«

»Wollen wir die Plätze tauschen?«, bot ich ihr an, denn ich wollte endlich einen entspannten Abend haben.

Eifrig begann Petra, Handtaschen, Sektgläser und angebissene Brötchen zu verschieben.

»Ist jetzt alles in Ordnung?«, fragte ich skeptisch.

»Wun-der-bar!«, rief Petra. Jetzt konnte es endlich losgehen mit den Erwachsenengesprächen und der Gemütlichkeit. Zufrieden studierte ich die Speisekarte, entschied mich für Salat, Fisch und Weißwein, klappte die Karte zu und trank einen Schluck Sekt.

»Hach«, machte Petra verärgert. »Haben die keine vegetarischen Gerichte?«

»Iss doch den Gemüseauflauf«, riet ich ihr.

»Ich hasse aber Kapern. Hier sind überall Kapern drin. Ich weiß überhaupt nicht, was ich nehmen soll. Wir hätten chinesisch essen gehen sollen.«

Verzweifelt sah Petra auf. »Es gibt hier ganz in der Nähe ein wunderbares Restaurant ...«

Ulli tätschelte ihren Arm. »Ja ja, meine Petra, sie ist immer so anspruchsvoll. Das sieht man ja schon an der Wahl ihres Ehemannes.« Und dann lachte er wieder so laut, dass sich die Leute am Nebentisch zu uns umdrehten.

»Ich hasse es, wenn mir jemand im Rücken sitzt«, beschwerte sich Petra. »Dann fühle ich mich so beobachtet.«

»Das kann einem in einem Restaurant schon mal passieren«, meldete sich Robert zu Wort. Seine Serviette war inzwischen völlig zerrupft.

Als der Kellner an unseren Tisch kam, um die Bestellung aufzunehmen, hatte Petra noch immer keine Wahl getroffen.

»Nehme ich die Rehnüsschen? Aber dann bitte ohne Prinzessböhnchen, lieber mit Pommes frites. Oder lieber doch den Seeteufel? Aber ich kann keine Sahne vertragen, ich hätte stattdessen lieber Zitronensaft und frisch gehackte Petersilie. Oder warten Sie ...«

So ging es eine Weile hin und her. Und als sie endlich einen kleinen, gemischten Salat bestellt hatte, hatte ich jegliche Hoffnung auf einen entspannten Abend aufgegeben. Einen Versuch wollte ich noch wagen.

»Habt ihr schon die neue Ausstellung in der Nationalgalerie gesehen?«, fragte ich.

»Wo ist denn hier das Klo?«, unterbrach mich Petra. »Ich muss mal ganz dringend pinkeln. Kommst du mit?«

»Nein«, flüsterte ich. Ich wollte nicht mit ihr aufs Klo, ich wollte auch nicht gleich meinen Teller mit ihrem tauschen müssen, weil ihr irgendeine Soße nicht schmecken würde. Ich wollte am liebsten nach Hause.

»Wir Mädels gehen doch immer zusammen aufs Klo«, kicherte Petra und zog mich am Arm hinter sich her zu den Toiletten.

»Haben die hier keinen Tamponautomaten?«, nörgelte sie,

dann lächelte sie mich an. »Das ist doch richtig nett heute Abend. Und das nächste Mal gehen wir mexikanisch essen.«

Ich glaube, das nächste Mal gehe ich wieder mit meinen Kindern essen. Das ist unkomplizierter …

2

Endlich weg mit dem Winter-Speck

Die steigenden Temperaturen und dünnere Kleidung erinnern mich in letzter Zeit an das, was ich mir vor vielen Wochen vorgenommen habe: ein sportlicher Mensch zu werden …

Speck von zahlreichen Wintern hat es sich auf meinen Hüften gemütlich gemacht, und ich mache es mir eigentlich auch gern mal gemütlich: auf dem Sofa, auf dem Balkon. Dazu ein Stückchen Kuchen, ein Eckchen Schokolade. Und wie ich gerade erst in einer Zeitschrift gelesen habe, ist das alles ja auch erlaubt, wenn man den Ausgleich schafft. Zu Deutsch: Sport treibt.

Eine andere Art Ausgleich gibt es wohl leider nicht. Wenn ich also dreimal um den Häuserblock renne, darf ich ungestraft ein Snickers mit extra viel Erdnüssen essen. Das ist doch ein Angebot! Und wenn ich zehn Bahnen schwimme, wird sich das Stück Marzipantorte nicht auf meinen Hüften niederlassen.

Ich liebe Marzipantorte! Ich hasse Schwimmbäder!

Aber ich war wild entschlossen, in meinem Leben für Ausgleich zu sorgen, und deswegen suchte ich letzte Woche in den Untiefen meines Kleiderschrankes nach dem etwas verblichenen Badeanzug und ging ins Schwimmbad. Warmer Chlorgeruch schlug mir entgegen, und mir wurde ein wenig übel.

»Nun reiß dich zusammen!«, schimpfte ich mit mir und eilte in die Umkleidekabine.

Hier gab es viele Frauen, die wohl gern Marzipantorten aßen, und ich fühlte mich nicht mehr so dick. Trotzdem war es ziemlich voll und eng, es roch ein wenig nach Schweiß und Parfüm.

Ich überlegte kurz, ob ich nicht doch lieber dreimal um den Häuserblock rennen wollte. Doch dann war ich wieder tapfer, schlüpfte in den Badeanzug und eilte in den Duschraum. Unterwegs traf ich einen nackten Mann, der mich freundlich anlächelte. »Habe nur mein Duschgel vergessen«, erklärte er mir.

»Aha«, stammelte ich peinlichst berührt.

Er lief an mir vorbei, als wäre nichts dabei. Ich hörte ihn noch etwas murmeln, wollte mich aber für nichts in der Welt umdrehen.

So langsam wurde das alles sehr anstrengend.

Mein Gesicht glühte heiß und rot vor Scham. Als hätte ich noch nie einen nackten Mann gesehen! Ich hatte bestimmt schon jede Menge Kalorien verbrannt für Stress, Schock und Gerangel in der Umkleidekabine.

Jetzt musste ich noch duschen. Während ich mit meinem Duschgel unter dem Arm auf eine freie Dusche wartete, fragte ich mich, was ich mir eigentlich antat. Ich beobachtete eine dünne, nackte Dame, die sich gerade singend das Haar wusch, und eine andere, die ihr Gesicht genussvoll in den warmen Wasserstrahl hielt.

Endlich war sie fertig damit, und ich war an der Reihe. Wie ich laut kreischend feststellen musste, war der Wasserstrahl aber gar nicht warm, sondern eiskalt gewesen, und ich hatte an diesem Vormittag einen weiteren Schock erlitten.

»Kräftigt das Bindegewebe«, erklärte mir meine Vorduscherin grinsend, bevor sie den Raum verließ. Wütend kurbelte ich am Wasserhahn. Aaah, schön heiß. Ja, so ließ es sich aushalten.

Ich stand lange unter dem warmen Strahl, der meine Nerven beruhigte. Ob das für heute genügte? Ob ich jetzt wieder nach Hause durfte?

Meine Oma hat immer gesagt: »Der gute Wille zählt.«

Der gute Wille verbrennt aber leider keine Kalorien, also weiter. Etwas verunsichert schlich ich mich ans Wasserbecken. Schön blau sah das aus. Viele Köpfe zogen ihre Bahnen darin. Da hinten schwamm die singende, dünne Dame und hinter ihr der vergessliche Nackte, der hoffentlich seine Badehose inzwischen anhatte.

Als er mich sah, winkte er fröhlich, und ich lief zu meinem Ärger schon wieder rot an. Schnell ließ ich mich ins Wasser fallen.

»Springen vom Beckenrand verboten!«, schnauzte mich ein dicker Bademeister an, als ich wieder auftauchte.

»Entschuldigung«, sagte ich und schluckte vor Schreck ein wenig Wasser, das nicht gut schmeckte.

Dann fädelte ich mich in die vorüberschwimmenden Köpfe ein, vor mir ein kahlköpfiger Opa, hinter mir eine prustende Dame. Ich holte tief Luft, konzentrierte mich auf meine Arm- und Beinbewegungen. »Schön kräftig durchziehen«, hatte in der Zeitschrift gestanden.

»Aua!«, meckerte die Dame hinter mir. »Sie haben mich getreten.«

»Entschuldigung«, sagte ich schon wieder und paddelte eine Weile zaghaft vor mich hin, um keinem mehr wehzutun. Der Opa vor mir hatte seinen Schwimmkurs geändert und war abgetaucht, dafür kamen mir zwei miteinander schwatzende Frauen entgegen. Hastig schwamm ich aus dem Weg, stieß mit einer Hochschwangeren zusammen und musste mich schon wieder entschuldigen.

Drei Schwimmzüge später rammte mir jemand seinen Fuß ins Kreuz. Chlor brannte in meinen Augen. Ich erreichte den Beckenrand; sah, wie der vergessliche Nackte Kurs auf mich hielt, und kletterte eilig aus dem Wasser.

»Genug!«, schrie es in mir, und auf die innere Stimme soll man ja bekanntlich hören.

»Wenn ich hier ohne Fußpilz, Bindehautentzündung und blaue Flecken wieder rauskomme, werde ich zweimal die Woche durch den Park joggen«, schwor ich mir und ergriff die Flucht.

An diesem Nachmittag gönnte ich mir auf meinem Balkon ein großes Stück Marzipantorte. Das hatte ich mir wirklich verdient.

Und nächste Woche werde ich das erste Mal joggen gehen. Oder übernächste.

3

Brot kaufen kann so anstrengend sein ...

Sind Sie jemand mit viel Geduld? Jemand, der seelenruhig die festgezurrten Doppel-Knoten an herumzappelnden Kinderschuhen löst? Jemand, der gerne Puzzle zusammensetzt, am besten mit 10 000 Teilen? Ich nicht!

Gut, ich will nicht behaupten, ich wäre ungeduldig. Aber stählerne Nerven habe ich nicht. Und die hätte ich neulich gut gebrauchen können, als ich beim Bäcker stand und ein Sonnenblumenbrot kaufen wollte. Für den Kauf eines Sonnenblumenbrotes braucht man weder Geduld noch stählerne Nerven, werden Sie jetzt sagen, aber warten Sie mal ab, bis Sie diese Geschichte zu Ende gelesen haben!

Vor mir stand ein älterer Herr und hatte die Stirn in Falten gelegt. »Haben Sie Kommiss-Brot?«, fragte er die Verkäuferin, die bedauernd den Kopf schüttelte. Ich habe vergessen zu erwähnen, dass sich meine drei Kinder ebenfalls in dieser Bäckerei aufhielten. Noch waren sie friedlich: Die Jungs pressten ihre Nasen gegen die Glasvitrine, Sanne zählte die Brote. »Und was ist das da?«, fragte der Opa.

»Das ist Ciabatta«, erklärte die Verkäuferin geduldig.

»Tscha ... was?«, fragte er.

»Cia-bat-ta. Das ist italienisch.« Die Verkäuferin war in ihrem Element. »Mit Walnüssen, Oliven oder getrockneten Tomaten gibt es dieses Landbrot!«

»Passt denn auch Kirschmarmelade auf Tscha-Tscha-Dingsbums?«, fragte der Opi und schaute skeptisch.

torei Rita

Sanne begann zu kichern. Die Jungs machten sich einen Spaß daraus, mit ihren Zungen die Vitrine abzulecken.

»Lasst das sein!«, zischte ich wütend, denn mein Geduldsfaden, wenn ich überhaupt jemals einen besessen hatte, war mir gerissen.

»Verzeihen Sie«, mischte ich mich in das Gespräch, »ich hätte nur gerne ein klitzekleines Sonnenblumenbrot, wäre es möglich, mir …«

»Nun seien Sie doch nicht so ungeduldig«, herrschte mich die Verkäuferin an. »Ich erkläre dem Herrn nur noch ganz kurz, was ein Baguette ist.« Du liebe Güte, war das hier ein Sprachkurs an der Volkshochschule?

Samuel und Max bildeten gerade eine »Räuberleiter«, um an die Süßigkeiten auf dem Tresen zu gelangen. Eine kleine Hand fischte in dem Behälter mit weißen Schaummäusen herum.

»Ein langes Weißbrot in der Form eines Stockes heißt Baguette, und Sie können auch wunderbar Kirschmarmelade dazu essen.« Die Verkäuferin war ganz gewiss jemand, der gerne puzzelt. Bestimmt waren die Wände ihrer Wohnung behängt mit zusammengesuchten Eiffeltürmen, Schäferhundwelpen und Sonnenuntergängen.

»Zwanzig Brote!«, rief Sanne, die offensichtlich fertig gezählt hatte.

»Vielleicht nehme ich lieber so ein kleines, dunkles da unten«, entschied der Opa.

»Dieses?«, fragte die Verkäuferin.

»Nein, weiter links.«

»Hier?«

»Nein, weiter rechts!«

Ich sah, wie meine Fußspitze nervös auf- und abwippte.

»Aaaah, sie meinen dieses?«, rief die Verkäuferin und hielt triumphierend ein kleines, braunes Brötchen in die Luft.

»Ja!« Opa und Verkäuferin freuten sich. Zwei weitere Schaummäuse verschwanden in den Mündern meiner Söhne. Besser als Vitrinen ablecken, fand ich und sagte nichts.

»Wissen Sie …«, hörte ich die Verkäuferin sagen. »Das ist aber ein Zwiebelbrötchen, da passt keine Marmelade drauf.«

Da griff ich auch nach einer Schaummaus und begann verzweifelt auf ihr herumzukauen.

»Entschuldigen Sie, wenn ich mich noch einmal einmische«, begann ich mit zitternder Stimme, als ich meine Maus runtergeschluckt hatte. »Meine Tochter hat soeben 20 verschiedene Sorten Brot gezählt. Da sollte wohl etwas für Sie dabei sein. Wie wäre es denn mit einem Kürbiskernbrot?«

»Ich habe doch nichts an der Prostata!«, erregte sich der Opa beleidigt.

»Nein ... natürlich nicht ...«, begann ich zu stottern. »Dann nehmen Sie doch einfach ein paar Schrippen.«

Die Verkäuferin sah mich wütend an. »Der Herr wird bedient. Und zwar von mir!«

»Puzzlespieler soll man nicht reizen«, dachte ich mir. Aber Ungeduldige auch nicht. Ich warf einen Blick auf die Uhr. Fünf Minuten würde ich dieser Angelegenheit noch geben, und dann wäre ich raus aus dem Laden!

»Wie wäre es denn mit einem Bagel?«, hörte ich die Verkäuferin fragen.

»Was soll denn das nun wieder sein?«, fragte der Opa zurück.

Gleich, gleich würde ich meinen Verstand verlieren. Warum lassen die mich nicht einfach mein Sonnenblumenbrot kaufen und wieder gehen? Warum gibt es so eine verwirrend große Auswahl an Broten, Eis, Joghurts und Nudeln in unserer Welt? Warum ist manchmal alles so schwer? Während ich deprimiert über den Sinn des Lebens gegrübelt habe, hat sich der Opa offensichtlich entschieden. Mit einem Paket unter dem Arm verlässt er die Bäckerei und würdigt mich keines Blickes mehr.

»Was darf es sein?«, fragt die Verkäuferin mich kühl.

»Ein Sonnenblumenbrot«, sage ich.

»Bedaure, das letzte hat der Herr vor Ihnen soeben gekauft«, antwortet sie schnippisch, und einen Hauch Häme kann ich heraushören. Aber ich lasse mir nichts anmerken und kaufe vier Schrippen, bezahle lächelnd dreizehn weiße Schaummäuse. Als ich schon an der Tür bin, drehe ich mich noch einmal um. »Mögen Sie eigentlich Puzzles?«, frage ich die Verkäuferin. Ihr Gesicht erhellt sich. »Ich liebe Puzzles!«, ruft sie. »Und jegliche Art von Geduldsspielen. Ich sticke auch für mein Leben gern!«

Nun weiß ich Bescheid. Vielleicht sollte ich mir zu Weihnachten mal ein Puzzle wünschen? Mit allen Brotsorten der Welt darauf?

4

Von guten und schlechten Tagen

Es gibt Tage, da fühlt man sich einfach wunderbar. Die Sonne lacht, das rote Kostüm sitzt wie maßgeschneidert und der nette italienische Eisverkäufer ruft einem »Aaah, bella Signora« hinterher …

Es gibt aber auch andere Tage! Die fangen zwar genauso an wie gute Tage – aber dann bemerkt man plötzlich den Fettfleck auf dem roten Leinenkostüm. Der Eisverkäufer guckt in die andere Richtung, und eine Wolke hat sich vor die Sonne geschoben. Und dann?

Dann geht man weiter, entdeckt sein Spiegelbild in einer Schaufensterscheibe, sieht, dass das Leinenkostüm gehörig am Po spannt. Und dass der heute früh noch so modisch anmutende Zickzack-Scheitel einfach nur blöd aussieht, und dann fängt es an zu nieseln.

Tapfer schleppe ich mich voran. Ich muss ein paar Einkäufe machen, nichts Besonderes, aber auf einmal scheint alles zu viel. Ich komme an einem Spiegel vorbei. Dieser Zickzack-Scheitel auf meinem hängenden Kopf! Unmöglich. Und trägt man so etwas überhaupt noch?

Energisch fahre ich mir durch die Haare, hinterher sieht es noch übler aus! Der stärker werdende Nieselregen tut sein Übriges mit meiner Frisur. Außerdem drücken meine neuen Schuhe. Ehrlich gesagt sind sie auch ein wenig zu hoch für den Alltag. Ich bin eben doch nicht Sarah Jessica Parker, die bei Wind und Wetter durch New Yorks Straßen stöckelt, auf so dünnen Beinen, dass man immer Sorge hat, sie würden ihr gleich durchbrechen.

Meine Beine sind nicht so dünn. Und mein Rock spannt am Po. Ich bin auch nicht auf dem Weg zu einer Party, ich gehe nur im Supermarkt einkaufen. Und eben schien noch die Sonne.

An solchen Tagen trifft man auch meistens eine Person, die man eigentlich überhaupt nicht gerne trifft. Fröstelnd, mit zerlaufener Wimperntusche, durchsuche ich meine Taschen nach einem Chip für den Einkaufswagen und breche mir prompt einen Fingernagel ab.

Als ich endlich den verkanteten Wagen hervorzerre, fahre ich ihn mir schwungvoll über die neuen Schuhe, die auf einmal aussehen, als hätte ich sie bereits seit vielen, verregneten Jahren. »Aua!«, brülle ich und hüpfe auf einem Bein herum. Zum Glück ist es nicht so dünn!

»Tanja?«, höre ich eine erstaunte Stimme hinter mir, und ich blicke in die schmalen Augen von Andrea. War ja klar! Jetzt fehlt nur noch ein Erdbeben!

»Andrea«, antworte ich mit honigsüßer Stimme und wische verstohlen an der Wimperntusche herum.

Diese Andrea konnte ich noch nie leiden. Leider wohnt sie in meinem Viertel, und ich laufe ihr ab und zu über den Weg. Es gibt Leute, die passen zu ganz bestimmten Tagen!

»Alles in Ordnung?«, fragt sie.

»Klar!«, rufe ich und stoße den störrischen Einkaufswagen vor mir her.

»Du siehst so abgekämpft aus«, sagt sie und gibt ihrer Stimme einen besonders mitfühlenden Ton. »Geht es dir gut?«

»Ja doch«, herrsche ich sie an.

»Bist du eigentlich noch mit diesem Ronald verheiratet?«, will sie wissen.

»Ich war nie mit einem Ronald verheiratet«, erkläre ich ihr und stoße mir das Schienbein an dem Einkaufswagen.

»Ach, dann habt ihr euch scheiden lassen?«, ruft sie begeistert. »Gut gemacht, Tanja! Hinter jedem Ende wartet ein neuer Anfang, und dieser Ronald war doch wirklich unter deinem Niveau.«

»Mein Mann heißt Robert«, rufe ich und bringe den Wagen abrupt vor den Erdbeeren zum Stehen.

»Genau«, Andrea stellt sich zwischen die Erdbeeren und mich. »Robert hieß der! Und mit dem bist du doch noch verheiratet?«

»Ja!«, rufe ich und schiebe sie aus dem Weg. Ich will jetzt endlich Erdbeeren und meine Ruhe.

Man kann sich immer nur so viel ärgern, wie man sich ärgern lässt, habe ich gerade erkannt und das trifft auf verregnete Tage, missratene Frisuren, tückische Einkaufswagen und blöde Leute gleichermaßen zu.

Andrea trollt sich, und ich kaufe Unmengen Erdbeeren.

Auf dem Nachhauseweg komme ich beim italienischen Eisverkäufer vorbei. »Aaaah, bella Signora!«, ruft er. Ist der blind? Ich sehe aus wie eine nasse Katze.

Aber vielleicht hat der Regen ja mein Leinenkostüm etwas geweitet und den hässlichen Fettfleck unsichtbar gemacht?

Und ein paar feuchte Haarsträhnen in der Stirn können ja auch sehr verwegen wirken. Wie dem auch sei, meine Laune hebt sich ein wenig. Ich kaufe mir eine Kugel Schokoeis, bemühe mich, nicht zu kleckern, und gehe nach Hause.

Ich habe Blasen an den Füßen. Die neuen Schuhe sind ruiniert, aber für heute habe ich mich genug geärgert. Ich ziehe mich um und setze mich erschöpft auf den Balkon. Vor mir steht eine Portion Erdbeeren. Ich lasse viel Zucker darauf rieseln.

Hübsch sehen die aus, die roten Erdbeeren! Und wie der weiße Zucker in der Sonne glitzert, die gerade hinter den grauen Wolken hervorkommt.

Für heute Abend könnte ich eine leckere Erdbeerbowle zubereiten und sie dann gemütlich mit Robert (nicht Ronald!), dem liebsten Ehemann, trinken. Bei Kerzenschein …

So ist das manchmal eben auch, mit diesen »anderen Tagen«. Auf einmal können sie wieder hell und freundlich werden. Wenn man es nur zulässt!

5

Der Besuch einer alten Freundin

Neulich erwartete ich Besuch von einer Bekannten, die ich jahrelang nicht mehr gesehen hatte. Und – ich werde ganz ehrlich sein: Ich wollte sie doch ein klein wenig beeindrucken …

Mein Zuhause sollte aussehen, wie ein wahr gewordener Wohntraum aus der »Schöner Wohnen«-Zeitschrift. Die Kinder sollten wohlerzogene Engel sein und ich selbst? Nun, mir schwebte das Bild einer sympathischen, jungen Frau vor, die lässig und souverän alles unter Kontrolle hat.

Sympathisch bin ich meistens und jung auch einigermaßen. Alles unter Kontrolle habe ich eher selten, von »lässig und souverän« ganz zu schweigen. Aber das brauchte man mir an diesem Nachmittag ja nicht unbedingt anzumerken.

Gleich am frühen Morgen des besagten Tages schwang ich Staubtücher, zerrte den dröhnenden Staubsauger hinter mir her, stocherte Barbie-Puppen und Matchbox-Autos unter dem Sofa hervor. Dann stellte ich mich in den Türrahmen des Wohnzimmers und tat so, als sähe ich es zum ersten Mal.

Das Sofa machte einen ziemlich abgewetzten Eindruck, und seit wann hatte dieser bunte Läufer ein Loch? Spontan beschloss ich, das Sofa weiter nach vorn zu ziehen, bis es das Loch verdeckte. Ich schob und zog. Leider verknackste ich mir dabei meinen Nacken.

Schmerzgebeugt humpelte ich ins Kinderzimmer, arrangierte Kuscheltiere, schmiss Laster und Kräne in Spielzeugkisten, legte die Blümchenvorhänge in dekorative Falten. Die Betten waren noch zu machen, und ich hatte nur noch fünf Stunden Zeit.

Blumen mussten her, fiel mir plötzlich ein. Mit wirren Haaren voller Staubflusen eilte ich in den Blumenladen an der Ecke und besorgte zwei Sträuße. Die Sonnenblumen stellte ich auf den gewischten Küchentisch, auf dem außerdem in einem Obstkorb grüne Äpfel und gelbe Birnen leuchteten. Auf meinem Nachttisch stand wenig später ein entzückender Strauß Teerosen, als wäre es ganz selbstverständlich. Daneben stapelte ich einige Bücher von Thomas Mann und Heinrich Heine.

Wenn nur dieser Nacken nicht so schmerzen würde! Im (inzwischen geputzten) Badezimmer rieb ich mir etwas ABC-Salbe auf die verknackste Stelle und dekorierte nebenbei einige Muscheln auf dem Badewannenrand. Dann holte ich die Kinder aus Schule und Kindergarten, kämmte ihre Haare, ließ Sanne ein kariertes Kleid anziehen und wollte ihr Satinbänder ins Haar flechten, was sie nicht mit sich geschehen ließ.

»Bitte«, flehte ich, denn es hätte allerliebst ausgesehen. »Niemals«, lautete die Antwort. »Das Kleid ist schon schlimm genug!«

Also machte ich mich über die Jungen her, steckte sie in pastellfarbene Hemden, zog artige Seitenscheitel.

»Wie Engelchen seht ihr aus«, rief ich begeistert.

Ein zweistimmiges Knurren war die Antwort, was nicht sehr engelhaft klang.

»Ihr sprecht nur, wenn ihr gefragt werdet, ihr kleckert nicht, ihr macht keine merkwürdigen Geräusche, und wenn ihr aufs Klo müsst, ruft ihr nicht durchs ganze Haus ›Poooo abwischen!‹ Alles klar?«, schärfte ich ihnen ein. Wieder wurde nur geknurrt.

Und nachdem ich mich geduscht, geschminkt und umgezogen hatte, legte ich eine Mozart-CD ein, entzündete Duftkerzen auf dem liebevoll gedeckten Kaffeetisch. Es war sechzehn Uhr. Lässig fütterte ich noch eben die Fische im Aquarium, damit sie nicht so verhungert gucken würden. Fertig! Von wegen, ich wäre nicht lässig und souverän! Ich war einfach perfekt. Wie die Orgelpfeifen saßen die Kinder stumm auf dem umgestellten Sofa.

»Na?«, fragte ich sie selbstzufrieden. »Wie habe ich das gemacht?«

»Knurr.«

»Könnt ihr auch sprechen?«, herrschte ich sie an.

»Dürfen wir ja nicht, nur weil deine blöde Pups-Freundin uns besucht!«, brach es aus Samuel hervor.

»Pssst!«, machte ich entsetzt. »Sie kann jetzt jeden Moment kommen.«

Um es kurz zu machen: Sie kam nicht. Mozart verklang, die Kerzen brannten herunter, die Kinder tobten bekleckert auf dem Sofa herum.

Erschöpft setzte ich mich auf einen Stuhl und massierte mir den Nacken. An diesem Tag ging ich früh zu Bett.

Genau eine Woche später (das abgewetzte Sofa stand wieder an der alten Stelle, die Blumen waren verblüht), klingelte es um sechzehn Uhr an der Tür. Ungeschminkt, in Schlabberjeans kreischte ich ins legosteinübersähte Wohnzimmer: »Macht mal den Fernseher leiser!«, bevor ich öffnete und zur Salzsäule erstarrte. Da stand sie: Ulrike, die ich vor einer Woche erwartet hatte!

»Tanja!«, rief sie und sah erfreut aus.

»Willkommen«, hauchte ich und dachte an das Frühstücksgeschirr, das noch auf dem Küchentisch stand.

»Wie nett deine Wohnung ist«, zwitscherte sie und nahm auf dem Sofa Platz.

Während ich panisch in der Küche Kaffee kochte, blätterte ich im Kalender und stellte fest, dass Ulrike tatsächlich für heute angemeldet war und ich mich um eine Woche geirrt hatte. Am liebsten hätte ich geweint. Ich fegte Puzzleteile vom Tisch, stellte trockene Kekse vor meinen Gast hin und knurrte leise in meine Tasse.

»Weißt du, Tanja«, sagte Ulrike und biss fröhlich in einen Keks, dass es nur so krachte, »bei dir ist alles so echt und unverstellt. Ich hatte schon Angst, es würde aussehen wie in einem ›Schöner Wohnen‹-Heft.« Da wurde aus meinem Knurren ein Lachen, und während die Kinder lautstark Fangen spielten, hatte ich mit Ulrike noch einen richtig netten Nachmittag. Ganz wie im echten Leben!

6

Ich habe keinen grünen Daumen

Und? Haben Sie ihn? Den berühmten grünen Daumen? Meiner ist leider nur rosa, und so sehr ich mich bemühe – ich schaffe es nie, Ableger zu ziehen oder eine Topfrose so zu beschneiden, dass sie es auch überlebt …

»Das ist doch kinderleicht«, ruft die Schwiegermutter und zerrt an meinem mickrigen Oleander herum. »Du nimmst einen Zweig und steckst ihn ins Wasser, und nach drei Wochen kriegt er kleine Wurzeln, und du kannst ihn einpflanzen.«

Sie sieht mich skeptisch an. »Das hast du doch begriffen, oder?«

»Natürlich«, meckere ich. »Es liegt auch eher daran, dass ich ein kompliziertes Verhältnis zu Pflanzen habe. Immer gieße ich zu viel oder zu wenig, ständig sind meine Rosen verlaust, vertrocknet mein Lavendel, hängt mein …«

»Papperlapapp«, unterbricht sie mich. »Mach es nur so, wie ich es dir sage.«

Also schneide ich dem Oleander einen Seitentrieb ab. Ich spüre deutlich, dass er es mir übel nimmt. Dann stecke ich den Stängel in ein Glas Wasser, und nach drei Wochen ist er verschimmelt. Wie soll ich das meiner Schwiegermutter erklären? Neidisch schiele ich auf die Geranienpracht meiner Balkonnachbarin. »Wie machen Sie das?«, frage ich sie.

»Nichts mache ich. Ich gieße sie nur ab und zu, wenn ich daran denke«, lautet die unspektakuläre Antwort, und plötzlich habe ich meine Zweifel. Ob sie des Nachts mit einem geheimen Dünger auf den Balkon schleicht?

Es muss eine Verschwörung in der Pflanzenindustrie im Gange sein, denn obwohl ich genauestens befolge, was an Gieß- und Pflegeanleitungen auf den kleinen Plastikkärtchen der Blumentöpfe steht, verzeichne ich einen Misserfolg nach dem anderen.

Frustriert blicke ich auf meinen kleinen Buchsbaum, der eine verdächtig gelbe Färbung angenommen hat, nachdem ich versucht habe, ihm die Form eines springenden Rehs zu geben.

»Der Buchsbaum verträgt eine kräftige Beschneidung«, hatte auf dem Kärtchen gestanden. Das springende Reh sieht zwar eher aus wie ein springender Fisch, aber das wird der Buchsbaum doch nicht wissen. Auf jeden Fall wird er jetzt gelb. Zum Trost gieße ich ihn reichlich. Nach einer Woche ist er tot.

Meine Nachbarin schnippelt gerade an ihrem dicken, dunkelgrünen Buchsbaum herum. Allmählich nimmt er die Form eines Teddybären an. Ich schlucke den aufkommenden Neid hinunter.

»Hübsch«, rufe ich hinüber. »Aber passen Sie auf! Schneiden Sie nicht zu viel. Ich glaube Buchsbäume mögen das eigentlich nicht.«

»Haha«, lacht sie mich aus. »Diesen Buchsbaum habe ich schon viele Jahre. Er war schon einmal ein Osterhase, dann ein Quadrat, und nun wird er zum Teddy.«

»Schnipp, schnapp«, macht ihre kleine Gartenschere munter, und die Blätter wirbeln nur so durch die Luft.

Wütend starre ich auf meinen grau angelaufenen Lavendelbusch.

»Was mache ich falsch?«, frage ich meine Nachbarin.

»Lavendel müssen Sie im Frühling kräftig zurückschneiden«, ruft sie gegen das Geschnippel ihrer Schere an. Der Buchs-Teddy ist fertig.

Mit »kräftig zurückschneiden« habe ich schlechte Erfahrungen gemacht, aber ich wage es trotzdem. Mutig stutze ich den Lavendel, der unwillige, trockene Geräusche von sich gibt, und stelle dabei fest, dass er längst mausetot ist. So tot wie die Lorbeerpflanze im Kräuterkasten.

Ich erwäge kurz, mir künstliche Blumen anzuschaffen. So

eine nette, ewig blau blühende Clematis könnte ich um meinen Balkon herumschlingen, und ich wäre die einzige in der Straße, die Magnolien im Januar hätte. Und im Februar und im März immer noch.

»Mama, wir sollen eine Sonnenblume pflanzen. Hilfst du mir?«

Samuel steht erwartungsvoll vor mir, in der einen Hand einen selbst bemalten Blumentopf, in der anderen einen schwarzen Kern.

Panik steigt in mir auf. Ich habe mir gerade ernsthaft Gedanken um Plastikblumen gemacht, und da will mein Sohn, dass ich ihm eine Sonnenblume aufziehe. Ich! Wo bei mir nicht mal die Kresse auf der Watte wächst.

»Nun«, sage ich, um Zeit zu gewinnen. »Ich denke, wir füllen erst einmal Erde in deinen Topf.«

Samuel strahlt. »Genau«, sagt er. »Erde in den Topf. Ist ja klar!«

Gemeinsam füllen wir seinen Blumentopf.

»Und jetzt?« Erwartungsvoll sieht er mich an.

Mein Herz klopft. »Jetzt bohrst du ein Loch in die Erde.«

»So?«, fragt er und steckt seinen kleinen Zeigefinger tief in den Topf. Ich gucke in das Loch. Das ist bestimmt viel zu tief oder nicht tief genug.

»Wunderbar!«, rufe ich unsicher. Andächtig lässt mein Sohn den kleinen Sonnenblumenkern in sein selbst gebohrtes Loch fallen. Es ist ein erhebender Moment.

»Und jetzt?«, frage ich Samuel gerührt.

»Jetzt wünschen wir der Sonnenblume viel Glück, und dann kommt Erde darauf. Und dann wird gegossen. Ist ja klar«, lautet die weise Antwort.

Und was soll ich Ihnen sagen? Seit einiger Zeit haben wir eine wundervolle, gelbe Sonnenblume auf dem Balkon. Eine echte!

Vielleicht habe ich bis jetzt ja immer vergessen, meinen Pflanzen viel Glück zu wünschen, denn seitdem ich hin und wieder ein nettes Wort an meinen neuen Lavendelbusch richte, duftet er ganz besonders gut.

7

Mit der besten Freundin im Café

»Wenn du nichts Gutes über einen anderen zu sagen hast, dann sage lieber gar nichts.« Ist das nicht eine edle Aussage? Allerdings stammt sie nicht von mir …

Sie stammt von meiner Oma. Ich dagegen tratsche ganz gerne mal ein bisschen über meine Mitmenschen. Eher harmlos – aber immerhin. Neulich, da saß ich mit meiner Freundin Marie in einem Straßencafé, und wir lästerten über die vorüberlaufenden Passanten.

»Guck dir diesen Hut an«, zischte Marie über den Rand ihrer Kaffeetasse hinweg. »Tssss«, antwortete ich abfällig, als ich den rosaroten Strohhut auf dem Kopf einer jungen Frau erblickt hatte, und es klang wie das Zischen einer Viper.

»Guck jetzt nicht«, kicherte Marie, »aber von rechts kommt ein …« Ich riss meinen Kopf nach rechts.

»Nicht so auffällig«, rügte mich Marie, aber da hatte ich ihn auch schon erblickt: einen grau melierten Herrn mit zurückgeföhntem Haar, in karierten kurzen Hosen und offenem Hemd. Ich prustete in die Serviette.

»Das ist wohl der Hecht vom Kurfürstendamm«, grunzte ich.

»Grüß Gott, die Damen«, raunte der karierte Hecht, als er an unserem Tisch vorbeikam, und wir verstummten. Da hatte er uns einfach angesprochen! Hochmütig hoben wir die Nasen. Dann war er um die nächste Ecke verschwunden, und wir kicherten wieder. Ich ließ meinen Blick über die anderen Café-Gäste schweifen. Da saß eine ältere Chinesin und neben ihr ein blond gelockter Jüngling. »Ob das ihr Geliebter ist?«, fragte ich Marie und reckte mein Kinn in die Richtung.

»Vielleicht ist es ihr Adoptivsohn?«, mutmaßte Marie. »Quatsch!«, sagte ich.

»Guck mal, wie sie ihn anguckt.«

Marie starrte zu den beiden hinüber.

»Tatsächlich«, hauchte sie.

Wir beobachteten die beiden noch eine Zeit lang, bis wir eine wilde Geschichte ausgesponnen hatten, in der der blonde Jüngling einst der Klavierlehrer des lieblosen Ehemannes der Chinesin gewesen sein könnte, bis er eines Tages ein Schälchen Jasmintee von ihr gereicht bekommen hatte. Seit diesem Tag war es um ihn geschehen, und auch der Altersunterschied von 29 Jahren konnte ihrer Liebe nichts anhaben. Gerade trafen sich die beiden, um ihre Zukunft zu besprechen, denn sie planten ihre Flucht in die tiefen Wälder von Kanada, wo sie kein Mensch jemals wiederfinden würde.

»Romantisch«, seufzte Marie. In diesem Moment standen die Chinesin und der Jüngling auf. Sie würden an unserem Tisch vorbeikommen. Wir würden gleich einen Gesprächsfetzen mithören können. Vielleicht wollten die beiden ja auch zurück ins ferne China? Schließlich kannte ihre Familie den neuen Schwiegersohn noch gar nicht. Da – jetzt kamen sie.

Aufgeregt spitzte ich die Ohren. Die Chinesin redete auf den Jüngling ein. »Schicken Sie mir Ihre Ernährungsprotokolle im Laufe der Woche, und bedenken Sie, dass Eisen für die Bildung von Hämoglobin …«, hörte ich sie sagen.

»Was?«, fauchte Marie, als die beiden vorübergegangen waren. »Hämoglobin?« Ich begann zu lachen. »Sie ist nicht seine Geliebte, sondern seine Ernährungsberaterin.« Enttäuscht sackte Marie in sich zusammen. »Keine Flucht in die kanadischen Wälder!«

Ich schüttelte mich vor Lachen. Wenig später setzten sich ein dünner Mann und eine dicke Frau an einen Nachbartisch. Er trank Mineralwasser, sie Kakao mit Schlagsahne. Wieder kicherten wir. »Besser wäre es umgekehrt«, zischelte Marie. »Und ihre Bluse«, stöhnte ich. »Hast du diese gepunktete Bluse mit Puffärmeln gesehen?«

Marie grinste. »Guck mal unauffällig nach links«, flüsterte sie. Neugierig riss ich meinen Oberkörper herum.

»Unauffällig!«, meckerte Marie.

Ja, wer kam denn da? Der karierte Hecht mit einer gefärbten Blondine am Arm! Diesmal grüßte er uns nicht.

»Die ist aber nicht seine Ernährungsberaterin«, gluckste Marie, und ehe ich in meine Tasse lachen konnte, spürte ich einen stechenden Seitenblick.

Unter einem Sonnenschirm blitzten mich von rechts zwei Augenpaare an, die zu zwei Kaffee trinkenden Damen gehörten. »Tsssss«, hörte ich die eine gerade zischen wie eine Viper, ihren Blick hatte sie dabei zweifelsohne auf mich gerichtet. »Verschmierter Lippenstift ... hässliche Jacke ...«, hörte ich, und dann lachten beide in ihre Servietten. Also, so was! Die lästerten über mich. Wie unfein, wie unfreundlich.

»... blond gefärbt ...«, kicherte die andere mit Blick auf meinen Scheitel. Das war jetzt aber wirklich boshaft und mehr als eine harmlose Lästerei. Ich und gefärbte Haare? Die paar Strähnchen zählen ja wohl kaum.

»Statt rumzusitzen und über die Leute zu tratschen, sollte sie lieber ein wenig Sport treiben!«, sagte die eine gerade laut und deutlich in ihre Tasse. Da habe ich mich umgedreht und die Lästertanten angemeckert. »Ich tratsche nicht, und meine Jacke ist auch nicht hässlich!« Erschrocken blickten mich die beiden an. »Aber wir haben Sie gar nicht gemeint«, erklärte mir eine der Damen, »wir reden gerade über unsere Cousine Rita.«

Das war mir dann furchtbar peinlich. Die oben erwähnte Aussage meiner Oma werde ich mir in Zukunft doch ein wenig zu Herzen nehmen. Und »Was du nicht willst, dass man dir tu, das füg auch keinem andern zu!« habe ich auch von ihr. Weise Aussagen!

8

Warum räumen Kinder nie auf?

Neulich fiel mir mal wieder die Unordnung bei uns zu Hause auf: eine einsame Socke hing über der Sessel-Lehne, ein Matchbox-Auto-Stau zog sich vom Kinderzimmer über den Flur bis unter den Küchentisch …

Dort endete die Auto-Reihe in einem gewaltigen Massen-Unfall, in den auch einige Schlümpfe verwickelt waren. Unter besagtem Tisch lagen auch eine Zeitung von letzter Woche und »Schnuffel-Schnuff«, das ist Sannes Einschlafteddy. Ich erspare Ihnen weitere Details, sonst verliere ich noch meinen Faden, denn es soll ja um die Unordnung gehen.

»Aufräumen!«, rufe ich also durchs Haus, und die Kinder, die sich eben noch gelangweilt haben, wirken auf einmal höchst beschäftigt. »Ich habe Schularbeiten«, erklärt mir Sanne und schüttet Bücher auf den Küchentisch, auf dem noch die Frühstücksteller von heute Morgen liegen. Was sich unter diesem Tisch so alles befindet, wissen Sie sicherlich noch. Ein kleiner Junge liegt nun auch noch darunter. »Ich lösche hier gerade ein Feuer«, sagt Max ungeduldig, denn er hat jetzt keine Zeit für Auseinandersetzungen mit seiner Mutter. »Und ich muss mal dringend aufs Klo«, klärt mich Samuel auf.

Resigniert blicke ich mich im Wohnzimmer um. »Dann räume ich allein auf!«, rufe ich. »Und ich werfe alles fort, was mir unter die Finger kommt.«

In der Küche wird heftig getuschelt, Samuel hat das Badezimmer wieder hektisch verlassen, denn jetzt herrscht Krisensitzung. Man einigt sich wohl auf »vorläufiges Abwarten bei verschärfter Beobachtung der Situation«, denn nichts passiert, nur ab und zu sehe ich eine Kindernasenspitze hinter der Tür hervorblitzen. Ich raffe zerfledderte Comic-Hefte in eine Mülltüte und ein unvollständiges Puzzle rieselt hinterher. »Halt!«, hallt es entsetzt, und Sanne stürzt herbei. »Nicht meine ›Wendys‹ wegwerfen, die lese ich alle noch einmal und dieses Puzzle ...« Hier versagt ihr kurz die Stimme vor Empörung. »Dieses Puzzle ist mein Lieblingspuzzle.«

»Aber es fehlen mindestens fünf Teile«, sage ich. »Was macht das schon?«, fragt sie und reißt wieselschnell die Mülltüte an sich, mit der sie in ihr Zimmer flüchtet. Aber ich gebe nicht auf und eile, wild entschlossen, weiter aufzuräumen, über den Flur. Dabei trete ich auf einen Legostein, und das tut ganz schön weh. »Aufräumen!«, kreische ich wütend. »Alle! Sofort!«

Inzwischen hocken zwei kleine Jungs unter dem Küchentisch und bewachen ihren Stau. »Den haben wir eben erst aufgebaut!«, schimpfen sie wie die Rohrspatzen. »Nie können wir in Ruhe spielen, immer müssen wir sofort alles wieder wegräumen.« Kurz lasse ich mich beeindrucken. Unterdrücke ich gerade die spielerische Kreativität meiner Kinder? Erziehe ich sie gar zu sortiersüchtigen, fantasielosen Menschen, die später einmal ihr gesamtes Leben in nummerierte Schubladen ordnen und ihrem Psychiater erzählen werden, dass ihre Mutter sie nie in Ruhe spielen ließ? Während ich darüber nachsinne, fällt mein Blick auf den Garderobenhaken, an dem schätzungsweise vier Regenjacken, drei Strickjacken, zwei verknotete Springseile und ein Hula-Hoop-Reifen hängen. Und das bringt mich wieder zur Vernunft. »Aufräumen«, beharre ich und gehe in Sannes Zimmer. Verstört sitzt das Kind auf dem Bett, zusammen mit den Puppen Lisbeth und Schnuppi. »Nicht«, fleht sie, als solle sie jetzt ihre Sachen für das Internat packen und erst in einem Jahr wiederkommen. »Sanne«, sage ich sanft, denn schon wieder nagen Zweifel an mir. »Darf ich diesen Pferdekalender von 1998 wegwerfen?«

»Nein«, sagt sie. »Da ist das Bild von dem sich aufbäumenden Hengst drin.«

»Jeder soll nur seine eigenen Sachen in Ordnung halten. Das ist doch nicht so schwer«, erkläre ich geduldig.

»Das tust du ja selbst nicht«, murrt sie hinter Lisbeths Rücken, und die Augendeckel der Puppe klappern energisch. »Wie bitte?«, brause ich auf.

»Da lässt immer die Zeitung unter den Küchentisch fallen.« Sanne grinst. »Und die Schublade mit deinen Unterhosen sieht auch sehr durcheinander aus.« Mir verschlägt es den Atem. Sanne beobachtet mich scharf. »Und auf deinem Schreibtisch ...« Sie holt tief Luft. »Das brauche ich alles!«, rufe ich dazwischen. »Du brauchst den großen, blauen Feuerstein zum Schreiben?«, fragt Sanne mit gerunzelter Stirn. »Ja«, sage ich.

»Und die Statue mit dem Engel und lauter Porzellandöschen und Kerzen?«, forscht sie weiter. »Das brauche ich alles«, wiederhole ich panisch und erinnere mich daran, dass ich diesen Satz in meiner Kindheit oft gesagt habe. Sanne nickt. »Na siehst du«, sagt sie freundlich. »Und ich brauche eben mein Puzzle, meine Puppen und Schnuffel-Schnuffi.«

»Ha«, mache ich und gewinne meine elterliche Autorität zurück. »Weißt du überhaupt, wo der ist?«

»Natürlich«, antwortet sie lächelnd. »Unter dem Küchentisch, der passt da auf deine Hausschuhe auf, die du schon so lange suchst.«

Da habe ich es aufgegeben, denn so ein bisschen kreative Unordnung scheint noch keinem Menschen geschadet zu haben!

9

Kinder spielen – wer kommt da zu Wort?

Sagen Sie Ihren Kindern auch zwanzigmal dasselbe? Und nichts passiert? Vor allem Sätze wie »Räum dein Zimmer auf« stoßen auf so taube Ohren, dass ich manchmal ehrlich besorgt bin ...

Aber nur manchmal! Denn wenn ich flüstere: »Möchtet ihr ein Eis?« – dann eilen die lieben Kleinen aus den entferntesten Ecken der Wohnung heran und schreien begeistert: »Jaaa!«

Vielleicht sagen Sie Ihrem lieben Mann ja auch immer dasselbe, und nichts passiert.

»Schatz, nimmst du bitte den Mülleimer mit, wenn du gleich gehst?«, wäre zum Beispiel so ein Satz, der einfach nicht ankommt. Testweise habe ich einmal geflüstert: »Schade, dass Hertha aus der Fußball-Bundesliga abgestiegen ist.« Daraufhin hat sich Robert, der liebste Ehemann, verzweifelt die Haare gerauft.

Manchmal muss man aber auch aus anderen Gründen etwas immer wieder sagen. Wenn man sich beispielsweise mit seiner Freundin unterhalten will, und sie ihre beiden Kinder mitgebracht hat, damit sie mit meinen drei Kindern spielen.

»Du«, sagt Marie, und ihre Augen glitzern so merkwürdig. »Ich muss dir was erzählen.«

»Was?«, rufe ich neugierig und gieße uns Kaffee ein. Wir sitzen auf dem Balkon. Marie nimmt einen Schluck, dann holt sie Luft – und ihr Sohn Paul biegt heulend um die Ecke. »Der Samuel hat mich gehauen!«, brüllt er. Samuel trottet hinterher.

»Gar nicht, der lügt, der Eierkopp!«, kreischt er. Die Mütter schlichten, alles halb so schlimm, man haut sich nicht, man sagt nicht »Eierkopp« und so weiter.

»Also …«, sagt Marie. Ich nicke ihr aufmunternd zu. Sanne ruft etwas.

»Also …«, sagt Marie wieder.

»Blut, Blut!«, kreischt es aus dem Kinderzimmer. Marie und ich springen auf, rasen los. Im Kinderzimmer liegt kein Kind in einer Blutlache, im Gegenteil: Alle fünf sitzen friedlich im Kreis und gucken uns entnervt an. »Was ist?«, fragt Mäxchen. »Wo ist Blut?«, fragt Marie, und ihre Stimme zittert leicht.

»Wir spielen doch nur«, erklärt uns die Tochter von Marie ungehalten.

Marie und ich kehren zurück auf den Balkon. »Also wirklich«, kichert Marie erleichtert. »Du wolltest mir doch was erzählen«, sage ich.

»Genau.« Maries Augen kriegen schon wieder dieses mysteriöse Funkeln. »Also …« Sie räuspert sich.

»Poooo abwischen!«, ruft es aus dem Badezimmer.

»Sag schon«, flehe ich.

»Du kannst dich doch erinnern, dass ich …«, beginnt sie. »Poooo abwischen!«, kreischt es lauter. Sie seufzt und sprintet ins Bad. Ich seufze gequält. Was ist nur los? Hat sie einen Liebhaber? Wandert sie aus? Ist sie schwanger?

»Du kannst dich doch erinnern, dass ich …«, wiederholt sie, als sie nach einer Weile wieder da ist.

»Der hat schon wieder ›Eierkopp‹ zu mir gesagt«, flennt Paul und kriecht beleidigt auf Maries Schoß.

»Jetzt geht mal schön spielen«, versucht Marie, ihn abzuwimmeln, aber Paul findet es herrlich auf Mamis Schoß, bohrt seinen schmutzigen Zeigefinger in ihren Erdbeerkuchen und will Kaffee kosten. »Lass ihn doch, erzähl weiter«, sage ich und werde allmählich nervös.

»Das geht nicht«, zischt sie mit einem Blick auf Paul. Oh! Es ist also nicht ganz jugendfrei, was sie zu berichten hat. Also doch der Liebhaber?

»Paul«, flöte ich mit meiner allerliebsten Stimme. »Der

Samuel hat ein neues Lego-Auto. Willst du dir das mal ansehen?«

»Nö«, sagt Paul und vertilgt eine Erdbeere. »Und wie geht es sonst so?«, frage ich Marie erschöpft.

»Ganz gut«, sagt sie. Dann schweigen wir, warten darauf, dass es Paul zu langweilig wird. Wird es ihm aber nicht. Auf Mamis Schoß Erdbeeren aus dem Kuchen zu bohren ist gerade sein größtes Glück. »So!«, sagt Marie. »Nun gehst du mit den anderen spielen und lässt mich mit der Tanja reden, ja?«

»Nö«, sagt Paul. Samuel kommt auf den Balkon. »Boooah«, ruft er entrüstet. »Der Eierkopp isst Erdbeeren ohne Kuchen!«

»Jetzt ist es genug«, meckere ich los. »Ihr geht jetzt spielen und Schluss!« Die Jungs trollen sich, dafür kommen die Mädchen. »Dürfen wir uns mit deinen Sachen schminken?«, fragt Sanne.

»Ja doch!«, schnauze ich. Alles würde ich jetzt erlauben, nur um meine Ruhe zu haben. Sanne scheint es zu ahnen. »Und uns deine Kleider anziehen?«

Ich nicke. Gleich verliere ich meinen Verstand, wenn ich nicht endlich erfahren darf, was Marie mir zu berichten hat.

»Also ...«, sagt sie zum vierten Mal.

»Sprich schneller«, unterbreche ich sie. Die Haustür klappt. Robert, Ehemann und Hertha-Fan, kommt nach Hause. »Wie nett«, ruft er. »Die Damen haben es sich gemütlich gemacht. Na, euer Leben möchte ich auch führen.«

Dass das hier Schwerstarbeit ist und wir seit Stunden versuchen, ein Gespräch in Gang zu bekommen, ist nicht zu erkennen.

»Wir gehen!«, ruft Marie ins Kinderzimmer. Und Sie werden es bereits ahnen: Die Kinder spielen friedlich, keiner hört, keiner kommt.

»Ich rufe dich heute Abend mal an«, sagt Marie müde. »Wenn nichts dazwischenkommt.«

Ich weiß leider bis heute nicht, was sie mir erzählen wollte. Aber ich werde sie demnächst mal zu einem Abendessen einladen. Ohne Kinder! Und ohne Ehemänner ...

10

Was können Männer eigentlich?

Es gibt Dinge, die können Frauen einfach besser als Männer, zum Beispiel Wohnungen dekorieren, Geschichten schreiben, Rosen beschneiden. Ach, eigentlich fast alles, fällt mir gerade auf …

Aber irgendetwas werden Männer auch besser machen als wir. Vielleicht einen Motor auswechseln oder etwas ähnlich Weltfremdes. Wie ich darauf komme? Nun, neulich, da war mein liebster Ehemann, Robert, für einige Tage zu Hause. Er war nicht krank, denn das hätte ihn ja jammernd ins Bett gezwungen, und ich würde jetzt stattdessen eine Geschichte mit dem Titel »Wenn Männer krank sind« schreiben. Robert hatte Urlaub und erfreute sich bester Gesundheit.

Früh am Morgen eilte er in die Küche und krempelte die Ärmel hoch. »Also«, rief er. »Was soll ich tun?«

Ich trank gerade gemütlich meine letzte Tasse Kaffee, blätterte die Zeitung durch und wollte dann erst einmal unter die Dusche. »Du sollst es auch mal so richtig gemütlich haben«, sagte er und entriss mir die Tasse, um sie polternd in die Spülmaschine zu räumen. »Heute übernehme ich den Laden hier«, ließ er mich wissen und schraubte einen Marmeladendeckel auf das Honigglas. Ich lächelte wacker zurück. »Mein Kaffee«, sagte ich matt, denn mir fehlte noch die letzte Dosis Koffein.

»Sollst du haben«, rief er fröhlich. »Ich koche sofort neuen.« Und damit öffnete er die Tür zur Speisekammer. »Wo ist denn bloß der Kaffee?«, hörte ich ihn dumpf fragen.

»Da, wo er immer ist«, antwortete ich und stand auf, um zu

duschen. Unter dem Duschstrahl überlegte ich, womit sich mein lieber Mann in den kommenden fünf Tagen beschäftigen sollte. Er könnte sich zum Beispiel die vielen Gemäldeausstellungen Berlins ansehen. Oder den Keller entrümpeln. Oder seine Mutter besuchen.

Das warme Wasser und der Duft meines Lavendelshampoos beruhigten meine Nerven. Ich ging in die Küche zurück, die ich hoffte aufgeräumt vorzufinden, mit einer Tasse voll frisch gebrühtem Kaffee auf dem Tisch. Auf dem Tisch häuften sich gerade Zuckerpakete, Tunfischdosen und Reistüten. »Ich räume nur eben die Speisekammer um«, erklärte mir Robert mit Mehl im Haar. »Kaffee gehört in die Speisekammer und nicht in den Geschirrschrank«, fuhr er fort. »Und im Geschirrschrank bin ich auf diese Thermoskanne gestoßen, die doch in das Fach mit den Töpfen gehört.« Er seufzte. »Zum Glück habe ich Urlaub, um ein wenig Ordnung in dieses Chaos zu bringen!«

»Moment mal!«, hörte ich mich rufen. »Keine Sorge«, lachte mein Mann. »Du brauchst nicht zu helfen. Geh doch ein wenig spazieren.« Und dann war er wieder in der Speisekammer verschwunden. Mit hängenden Schultern starrte ich in offene Schränke, leer geräumte Schubladen. Die Wirkung des Lavendels hatte sich verflüchtigt.

Nervös ging ich ins Wohnzimmer. Was sollte ich jetzt tun? Die Wohnung verlassen? Nie im Leben. Also setzte ich mich an den Schreibtisch. Und eilte gleich darauf in die Küche zurück, aus der ich einen klirrenden Laut vernommen hatte. »Mist!«, fluchte Robert. Ein Glas saurer Gurken war zu Bruch gegangen, es roch sehr sauer. »Wieso stehen die Gurken im Kühlschrank?«, fragte mein Mann, und bevor ich antworten konnte, fragte er weiter: »Und wieso liegt im Butterfach eine Kühlbrille für geschwollene Augen und keine Butter?«

»Robert!«, rief ich am Ende meiner Geduld. »Geh doch bitte für mich einkaufen.«

»Klar, mache ich, und du kannst ja den Rest hier in Ordnung bringen!«, rief Robert und war ziemlich schnell mit einem Einkaufszettel verschwunden.

»Nudeln, frische Tomaten, Basilikum« stand darauf. Nachdem die Tür zugeklappt war, begann ich hastig alles an seinen Platz zurückzuräumen: Kaffee und Thermoskanne in den Geschirrschrank, Kühlbrille ins Butterfach, zerbrochenes Gurkenglas in den Mülleimer. Gerade als ich mich hinsetzen wollte, um endlich meine überfällige Tasse Kaffee zu trinken, war Robert wieder da. »Huhu!«, rief er gut gelaunt und begann auszupacken. »Ich habe gleich zehn Pakete Nudeln gekauft, die waren im Angebot«, erklärte er stolz. »Die Tomaten sahen allerdings nicht besonders gut aus, dafür habe ich leckere Bananen besorgt. Und hier ist das Töpfchen mit frischem Basilikum.« Beifallheischend sah er mich an.

»Das ist Zitronenmelisse«, sagte ich leise. Selbst ein Meisterkoch könnte aus diesen Zutaten nichts Schmackhaftes zubereiten. Oder essen Sie gerne sehr, sehr viele Nudeln mit Bananensoße? Das habe ich Robert dann auch gesagt und noch einiges mehr. »Wenn du keine Hilfe annehmen kannst, dann beschwer dich auch nicht«, lautete die beleidigte Antwort.

Da griff ich mit der einen Hand nach der Migränebrille (hilft bei drohendem Kopfschmerz) und mit der anderen zum Telefonhörer, um für das Mittagessen Pizza zu bestellen. »Und morgen gehst du ganz gemütlich ins Naturkundemuseum«, sagte ich versöhnlich und rieb ihm das letzte Mehl aus dem Haar. Das hat er dann auch gemacht, und ich habe in der Zeit Kaffee getrunken und diese Geschichte geschrieben.

11

Bei Fremden sind meine Söhne so lieb

Meine Söhne sind Spezialisten in der Kunst des Verstellens. Nicht nur meine Möbel meine ich – sondern auch ihre Charakterzüge …

Wo sie zu Hause Banditen mit deutlich minimachohaften Allüren sind, entpuppen sie sich bei anderen Leuten als brave, engelhafte Jüngelchen, die »danke« und »bitte« sagen können. Aber nur, solange ich nicht anwesend bin. Gibt es da zufällig einen Kinderpsychiater, der mir das erklären kann?

»Also, deine Söhne!«, tschilpt Tante Berta, als ich Samuel und Max abholen komme. »So was Liebenswertes und Wohlerzogenes!«

Ich bin sprachlos. Meine Söhne grinsen mich tückisch an. Auf der Rückfahrt im Auto frage ich: »Warum seid ihr zu Hause nicht liebenswert und wohlerzogen?«, aber keiner hört mich, denn auf der Rückbank geht es gerade darum, wer am lautesten »Puuups!« brüllen kann, und das ist eindeutig Max.

»Hört auf!«, rufe ich entnervt.

»Puuups!«, lautet die Antwort, und ein geschockter Teddybär fliegt nach vorn, gegen die Windschutzscheibe. Zu Hause angekommen, werde ich weiter ignoriert, die Jungs schreien »Hunger!« und »Fernsehen!« und wollen sich die Hände nicht waschen.

So geht es noch eine ganze Weile weiter, bis ich sie nach endlosen Diskussionen ins Bett bekommen habe. Erschöpft lande ich mit zerzaustem Haar vor dem Fernseher und frage mich, kurz bevor ich dort einschlafe, wie mir mein Leben so entgleiten konnte.

Am nächsten Tag sind die beiden Terror-Brüder bei ihrem Kindergartenfreund Thomas eingeladen. Noch im Hausflur schärfe ich ihnen ein, nicht »Pups« zu brüllen und höflich zu sein. Sie kichern wie kleine Teufel, sagen mir ein herzliches »Tschüss, Pipi-Pups-Mama!« und sind mit Indianergeheul im Kinderzimmer verschwunden. Mit hängenden Schultern gehe ich nach Hause. Warum tun sie das? Suchen sie Grenzen? Geben sie sich bei mir ganz natürlich und sind im Grunde ihres Herzens Hottentotten? Als ich sie zwei Stunden später wieder abhole, frage ich zuallererst die Mutter von Thomas: »War es sehr schlimm? Sie müssen wissen, jedes Kind macht Phasen durch, in denen es verbale Experimente ...«

»Ich weiß gar nicht, was Sie meinen«, unterbricht sie mich und lächelt ehrlich erstaunt. »Ihre Söhne singen übrigens so nett.«

»Wie bitte?«, stammele ich.

»Ja«, sagt sie. »Sie haben mir ›Alle meine Entchen‹ vorgesungen und das Lied von Rudolf, dem Rentier. Ganz allerliebst und wohlerzogen.«

Spricht diese Frau von meinen Söhnen? Von Samuel und Max, die sich am liebsten gegenseitig Schokoladenpudding ins Gesicht schmieren und von Lachsalven geschüttelt, übelste Worte von sich geben, die ich hier gar nicht erst wiederholen möchte?

»Mama ist da!«, rufe ich froh, denn vielleicht ist in den vergangenen zwei Stunden ein Wunder geschehen. Ist es aber nicht, denn sofort höre ich Samuel losrüpeln: »Puäh, Mami-Bammi ist da!« Und Max wirft sich vor lauter Wiedersehensfreude auf den Fußboden und kreischt: »Will nicht nach Hause!«

Wieder gibt es viel Geschimpfe und Diskussionen, und erst, als ich hoch und heilig verspreche, dass morgen Thomas zu uns kommen darf, ziehen sie sich knurrend die Schuhe an. Als ich sie auf dem Nachhauseweg frage, warum sie mir niemals etwas vorsingen, sagen sie: »Weil singen was für Eierköppe ist!«, und damit ist das Thema beendet. Es gibt den allabendlichen Streit um die größere Scheibe Gurke, um das gelbe Badeschiffchen, um die Vorlesegeschichte, und wieder breche ich hinterher auf dem Sofa zusammen.

Am nächsten Nachmittag haben wir also Besuch von Thomas. Ein nettes Kind! Höflich, freundlich, bescheiden. Er sagt mir, wie gut ihm meine geblümte Bluse gefällt, und er macht zwanzig Kniebeugen für mich.

Zum Abschied malt er mir ein Bild mit Wachsstiften und küsst mich herzlich auf beide Wangen. Ich glühe vor Neid. Gleich kommt seine Mutter ihn abholen, und er wird folgsam seine Schuhe anziehen, uns allen die Hand schütteln und dann brav nach Hause gehen. Es klingelt. »Das wird deine Mama sein«, sage ich, und schlagartig wendet sich das Blatt. »Mag nicht!«, kreischt Thomas in höchsten Tönen und windet sich auf dem Fußboden.

»Jedes Kind macht Phasen des Trotzes und des Widerstandes durch«, keucht seine Mutter mit hochrotem Gesicht und versucht, ihm die Schuhe anzuziehen, die er ihr an den Kopf geworfen hat.

»Ha«, denke ich. »Ich bin nicht allein auf der Welt. Ich bin nicht die einzige Mutter, bei der es mit der Kindererziehung hapert.« Das ist sehr gut zu wissen.

An diesem Abend, vor dem Schlafengehen, sagt Max schläfrig: »Mama, du bist so schön. Ich habe mich in dich verliebt.« Ich bin gerührt, doch bevor mir die Tränen in die Augen treten können, ruft Samuel: »Und ich bin auch in dich verliebt!« Meine Söhne! Wie süß sie doch sind, wie zart fühlend. »Ich habe es zuerst gesagt«, erbost sich Max.

»Na und? Aber ich habe es zuerst gedacht«, kreischt Samuel. »Eierkopp!«

»Selber Eierkopp!«

»Pups-Kopp!«

Während die ersten Kuscheltiere durch die Luft surren, verlasse ich lächelnd das Kinderzimmer. Meine Söhne! Sie haben eben viele Charakterzüge und werden zu schillernden Persönlichkeiten heranwachsen. Das ist doch was!

12

Können Sie noch richtig flirten?

Neulich habe ich seit Jahren mal wieder geflirtet. Es war ganz harmlos. Natürlich! Als verheiratete Frau kenne ich ja meine Grenzen …

Wie es dazu kam? Ich stand mit meinem Auto an einer roten Ampel. Da hupte es neben mir. Ich drehte den Kopf und blickte in die strahlend blauen Augen eines gut aussehenden Mannes in den besten Jahren, der in einem feschen Cabrio saß.

»Hm!«, dachte ich. »Ist irgendwas? Hängt mir eine Wäscheklammer im Haar, oder tropft mir mein Lippenstift übers Kinn?«

Es dauerte eine Weile, bis ich begriff, dass der Mann mit mir flirtete. Er lächelte, dann zwinkerte er mir zu. Und das würde er ja wohl nicht tun, wenn ich ein rotes Kinn hätte oder mein Mantel in der Autotür eingeklemmt wäre. Ich räusperte mich, gab Gas und beschloss, mich wieder auf meine Fahrkünste zu konzentrieren. Kurz darauf überholte mich das Cabrio. Also, dieser Kerl übertrieb es jetzt aber! Gleichzeitig musste ich ein bisschen grinsen. Da wurde ich tatsächlich in meiner zerbeulten Familienkutsche, in der sich Kindersitze und Kuscheltiere stapelten, von einem Oberhecht angebaggert!

Aber nicht mit mir. Ich gab Gas, warf ihm zum Abschied ein Kusshändchen zu, damit er auch verstand, dass jetzt Schluss war, und brauste hupend davon. Bis zur nächsten roten Ampel, an der ich unfreiwillig zum Stehen kam und der Hecht kurz darauf auch. Er deutete mir an, die Fensterscheibe herunterzulassen. Er wollte mir was sagen. Panik!

Einmal zwinkern verpflichtet doch nicht zu einem Gespräch! Was sollte ich tun? Ich beschloss, ihn zu ignorieren und starrte versunken auf die Ampel. Wahrscheinlich fand er das sehr neckisch. Aus dem Augenwinkel sah ich ihn aus seinem Wagen steigen. Noch mehr Panik. Da sprang die Ampel um, und ich raste los, als wäre der Teufel hinter mir her, hetzte in eine kleine Nebenstraße, wie eine Agentin in geheimer Mission, und erreichte über Umwege den Kindergarten meiner Söhne. Ich hatte den Blauäugigen abgehängt und das Gefühl, ein großes Abenteuer bestanden zu haben.

Am Abend erzähle ich Robert, dem liebsten Ehemann, von meinem Erlebnis. Ein wenig geschmeichelt bin ich nämlich, und Robert soll ruhig mal erfahren, dass ich noch einen gewissen Marktwert besitze. Er macht schmale Lippen. »So, so«, sagt er. »Blaue Augen, rote Ampel, weißes Cabrio!«

»Genau!«, rufe ich begeistert. »Bist du eifersüchtig?«

»Ach, i wo!«, knurrt Robert. »Aber dass du dich von so einem ... so einem ... Machotyp anbaggern lässt, das wundert mich doch.«

»Er hat ja nur gehupt«, verteidige ich meine Ehre und freue mich, dass mein Mann sich ärgert. Aber diese Lektion muss er lernen. Ich bin eine gut aussehende Frau in den besten Jahren, die selbst in einem zerbeulten Auto überzeugt. Eine Frau mit Ausstrahlung und Wirkung.

»Hörst du mir zu?«, fragt Robert und unterbricht damit den Strom meiner Gedanken. »Was würdest du denn sagen, wenn ich dir erzähle, dass mich heute in der Kantine so eine Grünäugige mit großem Busen angesprochen hat?«

»Waaas?«, kreische ich empört. »Und wie hast du reagiert?«

Er lächelt. Ein bisschen einfältig kommt es mir vor. »Ich habe ihr geantwortet.«

Grüne Augen, großer Busen. Wenn ich das schon höre! Dass Männer immer wieder auf so etwas hereinfallen. Mehr als Kontaktlinsen und eine Hand voll Silikon stecken doch niemals dahinter.

»Bist du eifersüchtig?«, fragt Robert, und am liebsten würde ich ihm dieses selbstgefällige Grinsen aus dem Gesicht kratzen.

»Quatsch!«, schnauze ich. »Was hat sie überhaupt gefragt?«

Bevor Robert antworten kann, klingelt das Telefon. Er geht ran, spricht kurz, legt wieder auf.

»Na?«, stichele ich. »War das Miss Wonderbra?«

»Nein«, antwortet Robert und grinst immer noch so blöd. »Das war der Vater vom kleinen Paul.«

Paul ist ein Kindergartenfreund meiner Söhne. »Na und?«, frage ich desinteressiert.

»Er wollte wissen, ob unsere Jungs nächstes Wochenende bei Paul übernachten dürfen. Und er sagte, dass er dich heute auf der Straße getroffen und mehrfach versucht hat, mit dir darüber zu sprechen ...« Robert prustet los. Mein Herz rast, Schamesröte legt sich auf mein Gesicht. Bitte nicht!

»Aber du wärst ihm immer hupend davongefahren und hättest komische Grimassen geschnitten, bis du plötzlich in einer Seitenstraße verschwunden warst!«, fährt Robert erbarmungslos fort. Dann lacht er eine Weile laut vor sich hin.

Ich bin blamiert bis auf die Knochen, dunkelrot angelaufen, eine Frau ohne Ausstrahlung und Wirkung. Nur eine Mutti in einem zerbeulten Auto.

»Lenk nicht ab!«, kreische ich meinen frohlockenden Mann wutentbrannt an. »Wer ist die dicke Schlampe aus der Kantine? Und was hat sie dich gefragt?«

Robert wischt sich Lachtränen aus dem Gesicht. »Sie hat gefragt, ob sie abräumen darf«, kichert er. »Sie ist eine Kellnerin und könnte meine Mutter sein!«

An diesem Abend war es wohl an mir, eine Lektion zu lernen. Wenn mich das nächste Mal einer anhupt, dann starre ich taubstumm auf die Ampel, bis sie wieder Grün zeigt. Und meine Wirkung hebe ich mir für andere Anlässe auf.

13

Ein Tag am Meer und die Wahrheit

Neulich war ich mit meiner Familie am Meer. Mir schwebte ein romantisches Picknick vor, mit ausgedehntem Strandspaziergang, heiteren Ballspielen und abschließendem Sonnenuntergang …

So etwas hatte ich gerade in einer Zeitschrift gesehen: Artige Kinder sammelten da Muscheln in entzückende Blecheimerchen, und glückliche Erwachsene tranken Champagner aus blau getönten Kelchen.

»Das ist nicht das wahre Leben«, sagte Robert, der manchmal sehr fantasielos sein kann. Aber da ich manchmal sehr hartnäckig sein kann, fuhren wir letzten Sonnabend mit voll gepacktem Auto los in Richtung Ostsee.

»Ich habe sogar Windlichter dabei«, schwärmte ich, und Robert verdrehte die Augen.

Als wir endlich angekommen waren, hatte sich die Sonne hinter einer dicken Wolke versteckt, aber sie würde schon wieder hervorkommen. Eifrig stakste ich durch den Zuckersand, mit Korb, Decken und Windlichtern beladen.

»Nun sucht ein paar Strandschätze!«, schrie ich meinen Kindern gegen den böig aufgekommenen Wind entgegen.

Dann versuchte ich vergebens, die karierte Decke auszubreiten, die zuerst immer wieder auf mir kleben wollte und schließlich, nach hartem Kampf, völlig zerknüllt auf dem sandigen Boden lag.

Eine weitere dunkle Wolke schob sich in diesem Moment über den Himmel. Hatte der Wetterbericht nicht etwas von »heiteren fünfundzwanzig Grad« gesagt?

»Da hinten wird es schon hell«, rief ich gut gelaunt und setzte mich auf die beulige Decke, um unser Picknick vorzubereiten. Leider vergeudete ich viel Zeit bei dem Versuch, die Kerzen in den Windlichtern anzuzünden. Robert sah mitleidig auf mich hinab. »Die Fotos in deiner Zeitschrift wurden wahrscheinlich in der Karibik aufgenommen«, sagte er. »Komm, wir suchen uns ein Café und trinken Glühwein!«

»Sei nicht albern«, rief ich, dabei geriet mir etwas Sand in den Mund, und ich knirschte eine Weile mit den Zähnen, bevor ich weitersprechen konnte. »Gleich kommt die Sonne wieder durch.« Dann begann es zu nieseln. Wenn das kein echter deutscher Sommer war! Wenigstens hatten wir den Strand für uns allein.

»Ihr könnt essen kommen!«, rief ich betont munter und goss Apfelsaft in Gläser, die ich dann in den Sand bohrte. Hübsch sah das aus!

Mühsam kamen die windzerzausten Kinder zurückgestapft. »Max hat nasse Füße bekommen«, murrte Sanne. »Und ich kriege gleich Ohrenschmerzen von dem schwachsinnigen Wind.«

»Gehen wir bald nach Hause?«, fragte Samuel und ließ sich erschöpft auf die Decke fallen. Dabei stieß er leider die Schüssel mit dem Nudelsalat um. Während ich das Durcheinander in Ordnung brachte, wurde ich von meinen drei frierenden, aneinander geklammerten Kindern beobachtet. Mein Ehemann starrte derweil verbissen in den Nieselregen.

»So!«, rief ich, und es klang nicht mehr ganz so motiviert. »Das Büffet ist eröffnet.«

»Mir ist kalt!«, nölte Max, und ich sah klares Ostseewasser aus seinen Gummistiefeln schwappen.

»Robert«, flötete ich, so sanftstimmig es ging. »Würde es dir etwas ausmachen, zum Auto zurückzugehen und Mäxchens Ersatzschuhe zu holen?«

Mir die Antwort schuldig bleibend, kämpfte sich mein Mann

mit Mäxchen auf dem Arm durch die nächste Windböe, die Dünen hinauf zum Auto.

»Wer will ein Brötchen?«, fragte ich die Übriggebliebenen.

»Wenn wir gegessen haben, dürfen wir dann nach Hause?«, ignorierte auch Sanne meine Frage und beäugte skeptisch die Schicht Sand, die sich am Boden ihres Saftglases abgesetzt hatte.

Der Regen wurde stärker. Die Sonne hatte sich wohl für heute verabschiedet. »Warum ist die Karibik so weit?«, fragte ich mich und wollte heulen. So laut wie der Wind, der die Papierservietten mit sich fortriss und sie übermütig über den einsamen Strand tanzen ließ, was eigentlich ganz hübsch aussah.

»Wo sind Papa und Max?«, fragte Samuel nach einer Weile. Eine gute Frage. Wo waren sie geblieben? Sie hätten längst zurück sein müssen.

Hatte der Wind sie ins offene Meer hinausgetrieben? Traurig stand ich auf.

»Kommt«, sagte ich gegen das Wüten der Wellen. »Wir fahren nach Hause.«

»Jaaaa!«, jubelten die Kinder, und es war der glücklichste Moment des Tages.

Hastig sammelten wir unsere Habseligkeiten zusammen und marschierten durch peitschenden Regen die Dünen hinauf zum Auto, das mollig beheizt war und in dem Robert und Mäxchen gemütlich Musik hörten und Äpfel aßen.

»Da seid ihr ja endlich«, freute sich Robert und ließ den Motor an.

Eilig warf ich die nassen Kinder, den ramponierten Picknickkorb, die karierte Decke und vier nicht benutzte Windlichter ins Auto, und dann fuhren wir ganz schnell davon, bevor ein Orkan uns auf den Meeresgrund ziehen konnte.

Alles, was wir hinterließen, waren ein paar sandige Nudeln am Strand, über die sich die Möwen sicherlich sehr gefreut haben …

14

Ich will doch nur entspannen …

»Heute mache ich es mir mal so richtig gemütlich«, beschloss ich an einem sonnigen Sonntag. Und wusste nicht, dass ich mit diesem Wunsch eine Familienkrise heraufbeschwören würde …

Aber der Reihe nach: In einer Frauenzeitschrift hatte ich begierig eine ganze Doppelseite zum Thema »Wohlfühl-Nachmittag« gelesen. Von Duftkerzen und Ganzkörperpeeling mit Mandelkleie war die Rede gewesen, sogar von Partnermassagen. Aber meinen Partner, nämlich den liebsten Ehemann Robert, brauchte ich ja, um unsere drei Kinder bei Laune zu halten. Also beschloss ich, mir die Haare zu waschen, eine Gesichtsmaske aufzulegen und in der Badewanne zu relaxen. Ich würde sogar eine Balkonrose opfern, um rosa Blütenblätter in meinem Badewasser schwimmen zu lassen.

»Robert«, informierte ich meinen Mann. »Ich verschwinde mal ein Stündchen im Bad.«

»Aber klar«, antwortete er, und die Kinder nickten lieb. Und ich dachte mir, dass ich das viel öfter tun sollte, wo ich doch so eine kooperative Familie habe. Kaum hatte ich die Balkonrose geköpft, um die wunderschönen Blätter in mein bereits einlaufendes Rosenbad regnen zu lassen, hatte sich Sanne im Bad eingeschlossen.

»Sanne, komm da raus!«, rief ich und hämmerte gegen die Tür. »Ich muss mal!«, rief sie mit gepresster Stimme, wenig später flog die Tür auf, Sanne eilte an mir vorbei, und es roch deutlich nicht mehr nach Rose. Seufzend öffnete ich das Badezimmerfenster, dann zog ich mich aus, griff nach meinen Blütenblättern und …

»Telefon!«, rief Robert durch die Tür.

»Ich bin nicht da!«, kreischte ich und ballte die Hand zur Faust, was den Blütenblättern nicht gut bekam.

»Es ist deine Mutter, und sie sagt, es sei wichtig.« Über meinem Kopf schwebten ein verblassendes Wohlfühl-Engelchen und ein grinsender Nerv-Teufel. Was sollte ich tun?

»Sag ihr, ich rufe in einer Stunde zurück«, rief ich, und das Engelchen begann zu leuchten. Na also, es geht doch! Man muss die Hektik des Alltags einfach mal beiseite schieben. So hatte es auch in der Zeitschrift gestanden. Vor der Tür war wieder alles ruhig. Zufrieden setzte ich den ersten Fuß ins Wasser. »Aaaah«, hörte ich mich zufrieden machen und tauchte ganz ein in die milden Fluten, ließ mich mit all meinen entspannten Gedanken treiben. Der dicken Lavendelkerze entströmten Wohlgerüche. Zufrieden griff ich nach der Gesichtsmaske.

Es bummerte an der Tür.

»Nein«, kreischte ich und sah, wie das Kerzenlicht flackerte. »Lass dich nicht stören«, rief Robert und war offensichtlich bemüht, seiner Stimme einen Balsamklang zu verleihen. »Ich wollte dir nur sagen, dass ich mit den Kindern spazieren gehe … [Gute Idee!] … damit du deine Ruhe hast.« (Genau!)

»Tschüss!«, rief ich und tauchte unter.

»… Jacke … Schuhe … wo?«, hörte ich, als ich wieder auftauchte.

»Was ist los?«, meckerte ich. Ich hatte gehofft, sie wären alle schon weg.

»Ich suche Samuels linken Schuh und Sannes Jacke«, sprach Robert beharrlich durch die Tür.

Resigniert stellte ich die Tube mit der Gesichtsmaske zurück auf den Wannenrand. »Sannes Jacke ist im Kleiderschrank, und wo Samuels Schuh liegt, weiß ich nicht«, rief ich.

»Neben dem Klo«, kicherte Samuel durch die Tür, und ein Blick sagte mir, dass er Recht hatte.

»Ich stehe nicht auf!«, brüllte ich.

»Dann können wir nicht gehen!«, rief Samuel wutentbrannt.

»Mama ist immer so gemein zu uns.« Was hätten Sie getan? Ich bin aus der Wanne geklettert, durchs Bad getropft, habe den Schuh aufgehoben, die Tür geöffnet. Von Wohlfühlen war keine Rede mehr.

»So«, sagte Robert. »Nun sind wir auch schon weg. Genieß deine Zeit.«

»Na toll«, knurrte ich.

»Mama, wo du gerade stehst, kannst du mir meine Federballschläger vom Schrank holen?«, fragte Sanne.

»Mama hat Busen«, freute sich Mäxchen, und mir fiel meine tropfende Nacktheit wieder ein. Mit einem Hechtsprung rettete ich mich zurück in die Wanne. »Ich bin nicht da«, informierte ich meine Familie und schraubte die Tube mit der Schönheitsmaske auf. »Mach es dir so richtig gemütlich«, lächelte mich Robert an.

»Das versuche ich seit einer halben Stunde, aber ihr lasst mich ja nicht«, meckerte ich. »Wir lassen dich nicht?«, erboste sich Sanne. »Wir lassen dich nicht?«, wiederholte Robert ungläubig. »Mama ist ja so gemein«, winselte Samuel, und Mäxchen setzte sich aufs Klo.

»Wolltet ihr nicht gerade gehen?«, versuchte ich das Thema zu wechseln, denn ich mag es nicht, wenn man mir beim Baden zusieht.

»Vielleicht sollten wir das einmal ausdiskutieren«, schlug Sanne altklug vor. Da fiel mein Blick auf das verwelkte Häufchen Rosenblüten, das auf dem Alibertschrank vor sich hinschrumpelte, anstatt in mein Rosenbad geregnet zu sein. Und ich fragte mich in diesem Moment, ob es nicht entspannender ist, die Wohlfühlseiten der Zeitschriften einfach nur zu lesen, anstatt, was drinsteht, auch durchzuführen. Zumindest, wenn man so viele Kinder hat.

15

Wenn Ehepartner sich immer ähnlicher werden

Ist Ihnen schon einmal aufgefallen, dass sich Hunde und ihre Halter nach vielen Jahren ein wenig ähnlich sehen? Meine Tante Erna hat einen Pudel …

Und der hat die gleiche Frisur wie sie (ergraute Dauerwelle). Er läuft auch wie sie (behäbiger Watschelgang). Und etwas liegt in seinem sehnsuchtsvollen Blick, den er auf einen gedeckten Abendbrottisch wirft, das mich immer wieder an Tante Erna erinnert, wenn sie genießerisch sagt: »Essen hält Leib und Seele zusammen.«

Wir haben keinen Hund, nur ein blubberndes Aquarium. Dass Menschen auch Züge von Fischen annehmen können, möchte ich nicht hoffen. Doch was ich deutlich in letzter Zeit beobachtet habe, ist, dass sich langjährige Ehepartner mehr und mehr gleichen …

Neulich, zum Beispiel, waren Rainer und Sandra bei uns zum Abendessen. Seit zehn Jahren sind sie miteinander verheiratet, haben in den Achtzigern die gleichen Karottenhosen getragen und fanden es witzig, auch die gleiche Frisur auf dem Kopf zu haben. Damit man sie auseinander halten konnte, hatte sich Sandra die Fingernägel rot lackiert. Zwanzig Jahre später sind die beiden immer noch zusammen und sitzen an unserem Esstisch. Robert, mein liebster Ehemann, schenkt Wein ein.

»Für Rainer nicht so viel«, flüstert Sandra und zwinkert uns zu. »Von Weißwein bekommt er immer Sodbrennen.«

»Ist ja gar nicht wahr!«, protestiert Rainer. Sandra zwinkert weiter, als hätte sie etwas im Auge. »Er will es nur nicht zugeben. Und morgen jammert er dann den ganzen Tag herum.«

»Prost!«, ruft Rainer. Tadelnd schüttelt Sandra den Kopf. Es gibt Blätterteig auf griechische Art. Kommentarlos schaufelt Rainer seine Oliven auf Sandras Teller, und Sandra holt Schafskäsewürfel aus ihrem Teig und legt diese wiederum auf Rainers Teller.

»Schmeckt es euch nicht?«, frage ich erschrocken. »Doch, wunderbar«, rufen beide wie aus einem Mund und machen dasselbe begeisterte Gesicht.

Da piekt Sandra mit der Gabel in Rainers Salatteller.

»He!«, ruft er mit vollem Mund.

»Du magst keine Tomaten«, antwortet sie beleidigt.

»Mag ich wohl«, sagt Rainer.

»Den Tomatensalat meiner Mutter hast du noch nie gegessen.« Sandra starrt ihren Mann an, als hätte sie ihn noch nie gesehen.

»Weil der immer total versalzen ist«, antwortet Rainer und verspeist demonstrativ eine Cocktailtomate. »Dafür kann deine Mutter nicht einmal eine Kartoffel kochen«, meckert Sandra, und ich erahne, dass sich eine Ehekrise anbahnt. »Aber bitte nicht an meinem Tisch«, denke ich und trete Robert sanft vors Schienbein. Das ist unser Geheimzeichen. »Lieber Rainer!«, ruft Robert prompt. »Noch ein Gläschen Wein?«

»Gerne«, freut sich unser Gast, und Sandra schmeißt wütend einen weiteren Schafskäsewürfel auf den Teller ihres Mannes.

»Haben wir euch schon erzählt, dass wir bald …«, beginnt Rainer.

»… umziehen?«, kreischt Sandra und klatscht aufgeregt in die Hände.

»In ein nettes Häuschen …«, sagt Rainer. »… im Grünen«, beendet Sandra nickend den Satz.

»Wie schön für euch«, sage ich.

»Wir freuen uns so!«, rufen beide wie aus einem Mund und essen zeitgleich ein Blatt Salat. Dann strahlen sie sich an, als hätte es in ihrem Leben niemals einen Missklang gegeben.

»Sandra wollte so gerne einen Garten«, sagt Rainer kauend und tätschelt seiner Frau zärtlich die Schulter.

»Und Rainer wollte so gerne einen Kaninchenstall«, schnurrt Sandra. Die beiden sind ein Bild purer Harmonie, bis Sandra einen Blick auf Rainers gefülltes Weinglas wirft.

»Rainer!«, schrillt sie. »Morgen hast du wieder Sodbrennen, und so viel Schafskäse darfst du auch nicht essen, der bläht.« An diesem Abend wird noch viel über Kaninchen, Oliven und Sodbrennen gesprochen. Dann gehen unsere Gäste nach Hause. Am nächsten Morgen ruft Sandra mich an: »Wie ich es vorausgesagt habe: Rainer liegt mit Magenverstimmung im Bett, und ich muss Kamillentee kochen!«, sagt sie vorwurfsvoll.

»Das tut mir Leid«, antworte ich, wenig später legen wir auf.

»Ist schon merkwürdig ...«, fange ich nachdenklich an zu sprechen.

»... wenn Leute sich so gut kennen, dass sie die Gedanken des anderen ...«, fährt Robert fort.

»... lesen können«, falle ich ihm ins Wort, denn ich weiß immer, was mein Mann gerade sagen will. Erschrocken starren wir uns an. Dann lachen wir zeitgleich los. »Wie ich dich kenne, möchtest du jetzt am allerliebsten einen Milchkaffee trinken, stimmt's?«, prustet Robert. »Mit einem halben Teelöffel Zucker.«

»Stimmt«, kichere ich, »und du auch, allerdings mit einem ganzen Teelöffel Zucker.« Neuerdings beobachte ich meine Gesichtszüge intensiv im Spiegel, um zu sehen, ob ich beginne, meinem Mann oder unseren Fischen im Aquarium ähnlich zu sehen. Bisher noch nicht! Nur meine Einfälle sind manchmal ähnlich schrill-schillernd wie die Schuppen der Neonfische.

16

Wenn Kinder allein einkaufen gehen

Dass Mutter sein eine vielseitige Kunst ist – das ist eigentlich nichts Neues. Und darum soll es heute auch um das Gegenteil gehen …

Es ist nämlich eine viel größere Kunst, mal nicht in seiner Übermütterlichkeit aufzugehen. Sich nicht permanent zu sorgen, sondern sich zu üben, ein klein wenig loszulassen. Das ist eigentlich viel schwieriger als der vertraute Job der Oberglucke. Und ich spreche aus Erfahrung!

Neulich stellte sich Sanne mit leuchtenden Augen vor mich hin und sagte: »Mama, ich gehe mit den Jungs mal schnell zum Bäcker.«

»Nichts dabei«, werden Sie jetzt denken. Aber Sanne wollte nicht zum Bäcker um die Ecke. Der hat nur stinklangweilige Lakritzstangen auf der Theke stehen. Nein! Sanne wollte breite Straßen überqueren, über drei Ampeln gehen und noch viele andere Hindernisse des Großstadt-Dschungels überwinden, um beim Bäcker Scholz sechs Schwarz-Weiß-Schaum-Lakritzmäuse zu besorgen.

Sofort wallte Panik in meiner übereifrigen Mutterbrust, aber ich ließ es mir nicht anmerken. Kinder müssen schließlich ihre ersten kleinen Schritte in die große, weite Welt wagen. In die große, weite, gefährliche Welt voller Autos, Kindesentführer, Krankheitskeime …

Mühsam lächelte ich und wisperte: »Geht doch zum Bäcker um die Ecke.«

»Nö!«, rief Sanne und steuerte in Richtung Wohnungstür. »Wir gehen zum Bäcker Scholz.«

»Tschüss!«, riefen die Jungs.

Die Tür öffnete sich, schloss sich wieder, und da stand ich.

Mutterseelenallein in meiner verwaisten Wohnung, in der bis auf das Ticken einer Uhr alles totenstill war. Ich raste zum Fenster und sah meine Kinder Hand in Hand die Straße entlanglaufen.

Sehr vernünftig sahen sie aus, aber doch so klein und hilflos, und ich riss das Fenster auf, brüllte gellend: »Bei Rot bleibt ihr stehen, bei Grün könnt ihr gehen! Tschüüüss!« Und es klang wie das verzweifelte Heulen einer Wölfin.

Sanne blickte kurz in die Höhe. »Bis gleich!«, rief sie genervt und verschwand hastig mit den Jungs hinter der nächsten Ecke. Ist es nicht grob fahrlässig, drei kleine, winzige, unschuldige Kinder ohne Aufsicht durch Berlin laufen zu lassen?

Neulich erst hatte ich in der Zeitung gelesen, dass auf offener Straße … halt! Keine Panikmeldungen jetzt. Ich versuchte, mich zu beruhigen und schaltete das Radio ein. Den Fernseher auch. Nur um sicher zu gehen, dass ich keine Meldung einer plötzlichen Flutwelle oder Feuersbrunst verpasst hatte.

»Schönes Wetter … Sonnenschein, lalalala, immer die neuesten Hits, bla bla!«, riefen Fernseher und Radio durcheinander.

Langsam schlenderte ich zur Wohnungstür. Nicht, dass Sie jetzt glauben, ich wollte meinen Kindern nachspionieren. Aber nein! Überhaupt nicht. Zum Briefkasten wollte ich. Mehr nicht. Ehrlich!

Und ein wenig Luft schnappen. Und vielleicht zum Bäcker, um Brot zu kaufen. Zum Bäcker Scholz, der ist zwar weiter weg, aber er macht das beste Sonnenblumenbrot der Stadt. Keuchend riss ich die Wohnungstür auf und raste auf die Straße. Und bremste gerade noch rechtzeitig vor der nächsten Ecke ab. Die Kinder sollten nicht glauben, dass ich sie verfolgte. Mit klopfendem Herzen spähte ich in die Straße, sah eine Frau mit Kinderwagen. Sonst nichts. Wo waren meine eigenen Kinder? So weit konnten sie doch noch nicht gekommen sein.

Ich galoppierte weiter, rempelte einen Opi mit seiner Einkaufstüte an, stolperte über die Leine eines Dackels, missachtete den freundlichen Gruß einer Nachbarin, denn ich war eine Mutter am Rande des Nervenzusammenbruchs. Schließlich entdeckte ich drei Kinder in gestreiften T-Shirts. Meine Kinder!

Tränen der Erleichterung liefen mir über die Wangen. Da standen sie an der Ampel, Hand in Hand und warteten. Eilig versteckte ich mich in einem Hauseingang.

Die Ampel schaltete auf Grün, die Kinder liefen weiter. Wer war dieser Mann, der hinter ihnen ging? Jetzt hatte er sie angesprochen.

Wutschnaubend rannte ich los, die Ampel war inzwischen wieder rot, was mir ganz egal war. Ich hörte einige Bremsen quietschen. Der Mann war inzwischen in einem U-Bahnschacht verschwunden, und meine Kinder hatten die Bäckerei Scholz betreten.

Durch die Scheibe sah ich, wie sie sich schwarz-weiße Schaummäuse kauften, dann versteckte ich mich hinter einer Mülltonne, und als ich wieder hervorschaute, waren meine Kinder nicht mehr da.

Mein Herz raste. Ob Bäcker Scholz sie durch einen Hinterausgang entführt hatte? Da hörte ich es kichern, und als ich hinter der Tonne auftauchte, sah ich meine Kinder, die sich königlich amüsierten.

»Am lustigsten war es, als Mama über den Dackel gestolpert ist«, lachte Samuel, und Mäxchen verschluckte sich begeistert an einer Maus.

»Hier Mama, hast du auch eine Schaummaus«, tröstete mich Sanne. Und dann gingen wir alle vier nach Hause. Hand in Hand.

17

Das Märchen von der guten Erziehung

Vor langer Zeit, als ich noch keine Kinder hatte, waren meine Vorstellungen von Erziehung ganz klar definiert: »Meine zukünftigen Kinder dürfen nicht fernsehen …

Und wenn doch – dann nur pädagogisch wertvolle Sendungen. Meine Kinder werden keine Süßigkeiten bekommen, meine Kinder werden zur Höflichkeit erzogen.«

Neulich fiel mir dieser ganze Quatsch wieder ein, als ich Sanne, Samuel und Mäxchen Gummibärchen kauend auf dem verkrümelten Sofa herumliegen sah, einen schwachsinnigen Zeichentrickfilm schauend, der aus dem überlauten Fernseher quoll wie ein Angriff auf die zivilisierte Welt. »Hey, du Eierkopp«, rüpelte Samuel soeben seine Schwester an, »du suchst dir ja alle roten Gummibärchen heraus!«

Die wenig gut erzogene Antwort meiner Tochter lautete: »Halt die Klappe, du kleiner Affe!«, und da wurde mir doch ein wenig mulmig. Wie konnte ich innerhalb von nur zehn Jahren meinen Prinzipien so dermaßen untreu werden?

»Wollt ihr nicht mal ein hübsches Bild malen?«, rief ich gegen das Gebrüll eines Roboter-Dinosauriers, der gerade mit grünen Laserstrahlen beschossen wurde. Doch meine Frage blieb unbeantwortet. Auch nicht gerade sehr wohlerzogen.

Nachdenklich verzog ich mich in die Küche und kochte mir eine Tasse Kaffee, um einen Moment über mein pädagogisches Desaster nachzudenken. Es ist zugegebenermaßen leichter, im Auto eine Hand voll Kaugummis auf die Rückbank zu werfen, auf der drei überreizte Kinder randalieren, und dazu »Ruhe, sonst knallt's!« zu brüllen, als an den Straßenrand zu fahren und mit den lieben Kleinen auszudiskutieren, warum es der Mami jetzt gerade ganz recht wäre, wenn es gesitteter zuginge.

Es ist leider auch viel einfacher, für ein halbes Stündchen den Fernseher einzuschalten, wenn man mal mit der Bank telefonieren möchte, denn was würde der freundliche Herr aus der Kreditabteilung wohl sagen, wenn ihm aus dem Hörer entgegenschallte: »Mäxchen, nimm die Finger aus der Steckdose! Samuel, mach den Kühlschrank wieder zu! Sanne, zieh meine Pumps aus!«?

Und wäre Tante Berta nicht furchtbar traurig, wenn sie wüsste, dass eigentlich keines meiner Kinder sie gerne besuchen kommt (und ich eigentlich auch nicht), und ich es jedes Mal nur schaffe, meine kleine Meute dorthin zu bekommen, wenn ich einen anschließenden Besuch in der Eisdiele verspreche?

Nachdenklich trank ich einen Schluck Kaffee. Meine Erziehungsmaßnahmen, die einst auf anspruchsvollstem Niveau begonnen hatten, waren inzwischen gebaut auf Bestechung und Bedrohung. Kurz schämte ich mich. Aber nur kurz, denn es ist bekanntlich niemals zu spät für Veränderungen. Wild entschlossen stand ich auf und schaltete im Wohnzimmer den Fernseher aus.

Protestgeheul (fast so laut wie das des beschossenen Sauriers vorhin) schlug mir entgegen. »Genug geglotzt!«, rief ich, und drei Paar Kinderaugen fixierten mich feindselig. Dann brach der Sturm der Entrüstung herein.

»Niiiie dürfen wir fernsehen!«, wehklagte Samuel, und Mäxchen warf kreischend die leere Gummibärchentüte durchs Zimmer. Sanne verließ türenknallend den Raum. Es war alles noch viel schlimmer, als ich befürchtet hatte, aber ich würde standhalten. »Ihr wascht jetzt eure Hände und räumt eure Zimmer auf. Um Punkt sieben gibt es Abendessen!«, rief ich streng. Sanne steckte wieder den Kopf zur Tür herein. »Hä? Hallooo?«, machte sie, und es klang recht vorpubertär. Die Jungs starrten mich an, dann begannen sie zu kichern. »Was ist denn mit der los?«, flüsterte Max. Um nicht zu zeigen, wie verunsichert ich war, gab ich ein autoritäres »Husch, aber schnell!« von mir, auf das leider niemand reagierte.

Du meine Güte, ist Kindererziehung schwierig! Warum sagt einem das niemand vorher? Wahrscheinlich, weil man es sowieso nicht glauben würde. Weil man, sein rosa Baby im Arm haltend, sowieso der Meinung ist, das Wunder »Leben« soeben als erster Mensch entdeckt zu haben. Und dass dieses niedliche Baby in nur kurzer Zeit beginnen würde, umherzustolpern, Geschirr vom Tisch zu zerren und sich trotzig an Supermarktkassen am Boden zu winden – wer denkt in diesen Momenten schon daran? Keiner.

In Gedanken versunken, saß ich wieder vor meiner halbvollen Kaffeetasse. »Mama, hast du vielleicht Bauchweh?«, hörte ich ein kleines Stimmchen neben mir. Es war Mäxchen, der mich ehrlich besorgt ansah, und Samuel und Sanne legten feierlich einen Zettel auf den Tisch.

»Haben wir dir gemalt, damit es dir bald wieder gut geht«, flüsterten sie. Lächelnd blickte ich auf das Kindergemälde. »GUTTE BESSERUNK«, stand darauf, und unzählige bunte Blümchen und Herzchen waren um die wackelige Schrift herum gemalt, was mich sehr rührte. Dann gab es viele Küsse, Erklärungen und Versprechungen, und sogar die leere Gummibärchentüte wurde an diesem Abend noch freiwillig weggeräumt. Vielleicht habe ich meine Kinder ja doch nicht so schlecht erzogen?

18

Bin ich wirklich eine Glucken-Mutter?

Wenn Kinder allein verreisen – das ist doch wunderbar für Eltern: Ausschlafen, Kaffee und Zeitung im Bett, essen im Restaurant, keine Legosteine in der Badewanne …

Unsere drei lieben Kinder waren übers Wochenende bei einer Tante auf dem Land eingeladen und hatten sich, ohne mit den Wimpern zu zucken, von mir und Robert verabschiedet. »Das wird ja wie Flitterwochen sein!«, hatte Robert geraunt, und nun standen wir auf dem vernieselten Bahnsteig und winkten Tante Rosi und den grinsenden Kindern hinterher.

Kaum war der Zug nicht mehr zu sehen, juchzte Robert herzlos auf. »Partytime!«, rief er. »Was machen wir jetzt?«

Ich räusperte mich und wischte mir ein wenig Nieselregen aus den Augen.

»Essen gehen?«, schlug Robert vor, doch ich hatte keinen Appetit.

»Gibt es in Tante Rosis Garten nicht einen Teich?«, rief ich plötzlich erschrocken.

»Keine Ahnung«, antwortete Robert. »Oder willst du in eine Ausstellung?«

»Teiche sind wirklich sehr gefährlich«, informierte ich Robert, von dem jedes Gefühl für Verantwortung abgefallen schien. »Besser, ich rufe Tante Rosi an und sage ihr das.« Und damit begann ich, in meiner Handtasche zu kramen, auf der Suche nach dem Handy.

»Tanja!«, rief Robert streng. »Die Kinder sind noch nicht

mal zwei Minuten weg, und du fängst schon an herumzuglucken.«

»Ich und glucken?«, erboste ich mich. »Ich will nur sicher gehen, dass die Kinder nicht an den Teich gehen, und sie daran erinnern, jeden Tag die Socken zu wechseln und nachfragen, ob Samuels Husten inzwischen ein wenig abgeklungen ist und …«

»Sie sind nur zwei Tage fort«, erinnerte mich Robert.

»Wie herzlos du bist«, meckerte ich meinen Mann an.

»Und was für eine Gluckenmutter du bist«, meckerte er zurück, und die Stimmung war dahin. Statt ins Restaurant fahren wir nach Hause, wo ich mich unauffällig in die Nähe des Telefons setzte und das Radio einschaltete, nur für den Fall, dass der Zug mit meinen Kindern aus Versehen entgleisen oder sich Waggons lösen sollten. Tante Rosi hatte ich natürlich auch schon angerufen, sogar dreimal, denn mir war eingefallen, dass Weidezäune auf dem Land ja oftmals Strom enthalten und dass die Kinder nicht gerne Bratfisch essen. Und dann rief ich noch einmal an, um ihnen zu sagen, dass ich sie sehr lieb hätte und sie schon ganz doll vermissen würde.

»Ist ja gut, Mama«, sagte Samuel. »Aber nun ruf bitte nicht mehr an. Tschüss!«

Und dann legte er auf, mein erstgeborener Sohn. Wie selbstständig er geworden war, wie schnell die Zeit verflog. Ich seufzte, als mir einfiel, wie niedlich er als Baby gewesen war – und Mäxchen auch, mit seinen großen, blauen Augen. Und mein Sanne-Mädchen, schon zehn Jahre alt. Ich seufzte wieder, schleppte mich zum Bücherregal und holte ein Fotoalbum hervor. Von 1999. Mit wässrigen Augen blätterte ich darin. Robert kam vorbei und schnaufte, als er mich auf dem Sofa hocken sah.

»Boooack, gack, gack!«, machte er, und es sollte wohl die Imitation eines Huhnes sein.

»Emotionsloser Esel!«, zickte ich mit wackeliger Stimme, denn ich betrachtete gerade ein Foto von Samuel, als er vier Stunden alt war.

»Wollen wir vielleicht jetzt etwas essen gehen, oder willst du den ganzen Tag hier hocken?«, fragte Robert.

In diesem Moment klingelte das Telefon. »Es ist etwas passiert!«, kreischte ich und hielt mir ein Taschentuch vor die Augen. Eine Mutter spürt so etwas. Es war aber nur die Schwiegermutter, die fragte, wie es uns gehen würde in unserer großen Freiheit.

Ich schnäuzte mich ins Taschentuch und klappte das Album zu.

»Wollen wir ins Kino gehen?«, fragte Robert versöhnlich.

»Gerne«, lächelte ich ihn an. »Ich rufe nur eben Tante Rosi an und sage ihr, dass Sanne nachts ihre Zahnspange tragen muss und dass Samuel Heuschnupfen hat, und dann kann es auch schon losgehen!«

Robert verdrehte die Augen, während ich die Nummer wählte und nur auf Tante Rosis Anrufbeantworter sprechen konnte. »Wo sind sie bloß?«, fragte ich mich beunruhigt. »Vielleicht sind sie schwimmen gegangen?«, sagte Robert. »Jetzt komm!«

»Aber meine Jungs können nicht schwimmen!«, rief ich entsetzt. »Und Schwimmflügel haben sie auch nicht mitgenommen, und es ist doch viel zu kühl zum Schwimmen!«

Robert nahm mich am Arm und ließ ihn erst wieder los, als wir das Kino erreicht hatten und ich mit einer großen Tüte salzigem Popcorn im Zuschauersaal Platz genommen hatte.

»Schön, nicht?«, flüsterte er, als das Licht ausging, und er hatte ja Recht. Während mich der Film »Troja« in seinen Bann zog, fand ich, dass ich auf dem besten Wege war, eine gelassene Mutter zu werden. Nur dass ich mir auch ein Trojanisches Pferd gewünscht hätte, für Sannes bevorstehende Klassenreise. Darin könnte ich mich dann prima mit all den anderen besorgten Müttern verstecken und direkt in die Jugendherberge geschoben werden. Sicher ist sicher.

19

Mit Freundinnen mal weggehen ...

Vieles ändert sich im Leben. Vor allem aber das Leben selbst! Das ist mir neulich mal wieder aufgefallen, als ich mit meinen Freundinnen einen Ausgehabend »wie in alten Zeiten« plante und erleben musste, was dabei rauskam ...

»Wir machen es wie früher«, kicherte Sandra ausgelassen. »Wir bereiten uns gemeinsam vor, trinken dazu eine Flasche Prosecco, dann gehen wir Pizza essen und anschließend in die Disco!«

»Jaaaaa!«, riefen die anderen – und ich am lautesten.

Der Sonnabend kam, und Sandra, Sabine und Dagmar trafen bei mir zu Hause ein.

»Auf einen tollen Abend!«, kreischte Sabine. »Psssst«, machte ich erschrocken, »die Kinder schlafen schon.«

Glucksend schlichen die Damen zu meinem Kleiderschrank und ließen die Klamotten nur so durch die Luft fliegen. Dagmar füllte Prosecco in Gläser und ließ einen Push-up-BH über ihrem Kopf kreisen. »Der hat ja richtige Silikoneinlagen!«, schrie sie begeistert, bevor ich wieder »Psssst!« machen konnte. Sandra zwängte sich in meine neue Jeans. Ich trank mein Glas leer und schlüpfte in meine gepunktete Bluse. »Chic«, »hässlich«, »spießig«, »toll!«, kreischten die Freundinnen durcheinander, und ich hörte meine Kinder im Nebenzimmer herumtoben.

»Lasst uns mal besser losgehen«, sagte ich. Sabine schminkte sich noch schnell die Lippen glutrot, Sandra warf ihr Sektglas um, dann trappelten wir auf Absätzen zur Haustür. »Viel

Spaß!«, rief Robert, der liebste Ehemann, und guckte wieder in sein Buch. Das sah eigentlich richtig gemütlich aus …

»Werden wir haben!«, grölte ich, und die Tür knallte zu.

»Jetzt Pizza bei Luigi!«, rief Sandra. Eigentlich hatte ich gar keinen Hunger, es war ja auch schon halb zehn.

»Viermal die Luigi-Spezial-Pizza und vier Prosecco«, bestellte Dagmar. »Wie früher!«

»Wie lange ist das eigentlich her?«, wollte ich wissen.

»Zehn Jahre«, rief Sabine und schlug mit der flachen Hand auf den Tisch.

»Und wir haben uns gar nicht verändert!«

Die Luigi-Pizza kam, und auf ihr häuften sich Peperoni und Sardellenfilets. Früher war doch eine Luigi-Pizza mit frischen Tomaten und Schinken belegt gewesen, oder? So hatte ich es jedenfalls in Erinnerung, aber ich wollte keine Spielverderberin sein und begann zu essen.

Etwas schwer lag mir der geschmolzene Käse zu der späten Uhrzeit im Magen, und mein zweites Glas Prosecco stieg mir zu Kopf. Ich ahnte einen Hauch Kopfschmerz. Nachdenklich schob ich mir eine Sardelle in den Mund und spuckte sie sofort wieder diskret in meine Serviette. Wenn ich etwas hasse, dann sind es Sardellen. Und Kopfweh.

»Und jetzt ab in die Disco!«, rief Sabine, die noch dieselbe Energie hatte wie vor zehn Jahren. War ich denn die Einzige, die nicht mehr mithalten konnte?

Wenigstens sollte es keiner merken. »Ab in die Disco!«, rief ich deswegen feurig und unterdrückte ein Gähnen. Wenig später kamen wir im »Sugar-Baby« an. Dröhnende Bässe sickerten aus dem finsteren Kellergeschoss. »Wir sind doch viel zu alt für so was«, hörte ich mich angstvoll sagen, doch die anderen hatten es wohl überhört und zogen mich kichernd auf eine lichterzuckende Tanzfläche, auf der sich außer uns nur drei halbwüchsige Jungs verrenkten, die nicht viel älter waren als meine Söhne.

»Wie früher!«, kreischte Dagmar und schwang selig die Hüften. Mir war ein wenig übel von dem Lärm und der fettigen Pizza. »Jaaa!«, kreischte ich zurück und wippte mit dem Po. Dann musste ich mich hinsetzen, denn mein Kreislauf drohte zusammenzubrechen. Ein verstohlener Blick auf die Uhr verriet mir, dass es nach Mitternacht war. Morgen würde um halb sieben eines meiner Kinder am Bettrand stehen und ein Frühstück verlangen. Ich stieß heftig auf, denn die Kohlensäure des Prosecco stritt sich gerade mit zahlreichen Peperoni.

»Na? Zum ersten Mal hier?«, fragte mich ein blöd grinsender Mann und setzte sich neben mich. »Nein«, sagte ich grämlich und stand auf. »Zum letzten Mal!«, und dann winkte ich den Freundinnen zu und ging nach Hause.

Am nächsten Morgen um halb sieben standen Samuel und Mäxchen an meinem Bett. »Frühstück!«, riefen sie verhungert. Mir pfiffen noch immer die Ohren von den Discoklängen, in meinem Kopf pulsierte ein wahnsinnig machender Schmerz, und mein Magen revoltierte gegen Luigis Pizza.

Ich stöhnte, und dann erbarmte sich mein liebster Ehemann und weckte mich erst mittags, indem er mir den Telefonhörer reichte. »Dagmar ist dran«, sagte er und lächelte dabei irgendwie viel sagend.

»Geht es dir auch so dreckig?«, wollte sie wissen. »Sandra und Sabine liegen auch flach, mit Magenverstimmung und Kopfweh.«

Da musste ich trotz meiner Übelkeit fürchterlich lachen. Vieles ändert sich im Leben! Nicht nur Luigis Pizza.

20

Ist das Bügeleisen wirklich aus?

Diese Frage stelle ich mir häufig. Besonders wenn ich mich weit weg von zu Hause und damit auch vom besagten Bügeleisen befinde ...

Ein Beispiel: Ich sitze im Bus, und plötzlich durchzuckt es mich. Ist das Bügeleisen aus? Habe ich den Herd ausgeschaltet? Natürlich, beruhige ich mich. Das mache ich doch immer. Mir ist noch niemals ein Haus abgebrannt. Ehrlich! Nur einmal, da ist mir ein Schweinebraten verkohlt; und ein anderes Mal, da ...

Schweißgebadet drücke ich auf den Halteknopf und springe aus dem Bus. Die Verantwortung ist einfach zu groß! Wenn sich jetzt zu Hause gerade das Bügeleisen durch das Brett schmort und auf den Boden fällt, um den Teppich zu versengen, der dann Feuer fängt ...

Ich habe Glück, denn der Bus in die Gegenrichtung kommt gerade. Den Termin beim Zahnarzt werde ich verschieben müssen, aber ich könnte es mir mein Lebtag nicht verzeihen, wenn ich wegen einer kleinen Zahnfüllung vor einem Haufen von Schutt und Asche stehen und allen Mietern im Haus neue Möbel kaufen müsste.

Ich hechte in den Bus, zähle nervös die Haltestellen, halte Ausschau nach Rauchschwaden, die mir bereits entgegen kommen könnten.

Dann endlich hält der Bus. Ich springe hinaus, rase in meine Straße (keine Feuerwehr zu sehen), erreiche das Haus, galoppiere die Treppen nach oben (kein Brandgeruch), schließe auf und – still und ruhig liegt meine Wohnung da.

Schnuppernd eile ich zum Bügelbrett. Das Bügeleisen ist kalt, der Stecker gezogen, und ich stehe davor und muss jetzt ganz schnell beim Zahnarzt anrufen.

»Sie können in einer Stunde kommen«, wird mir gesagt. Erleichtert verlasse ich das Haus, setze mich in den Bus, fühle mich gut, weil ich weiß, dass das Bügeleisen ganz sicher ausgeschaltet ist. Da kann man nicht vorsichtig genug sein! Auch den Herd sollte man kontrollieren, bevor man das Haus verlässt.

Habe ich eigentlich den Herd kontrolliert? Meine Handflächen werden feucht. Heute Morgen habe ich den Kindern Kakao gekocht, auf der rechten, hinteren Herdplatte. Und dann hat Samuel im Kinderzimmer einen Wutanfall bekommen und mit Murmeln geschmissen. Ich kann mich einfach nicht mehr daran erinnern, ob ich den Herd in diesem ganzen Durcheinander tatsächlich ausgeschaltet habe. Ich weiß nur noch, dass der Wasserhahn im Bad nicht mehr läuft.

Verzweifelt knabbere ich am Daumennagel, während mich der Bus immer weiter weg von meiner Wohnung fährt, die womöglich bereits in Flammen steht. Zu einer überheizten Herdplatte gesellt sich gerne ein Kabelbrand, und in Sekundenschnelle brennt die halbe Stadt. Gerade hält der Bus. Ich kann wirklich jetzt unmöglich schon wieder aussteigen. Ich war doch gerade eben in der Wohnung, und da brannte überhaupt nichts. Ich hatte allerdings auch nur im Bügelzimmer nachgesehen. Ob es aus der Küche rot glühte, das weiß ich nicht.

Eigentlich schade, dass das Wasser im Bad nicht mehr läuft, das hätte verhindert, dass sich die Feuersbrunst allzu schnell ausbreitet.

»Frau lässt Herd an – Berliner Stadtteil zerstört.« So wird es morgen in allen Zeitungen stehen. An der nächsten Haltestelle stürze ich ins Freie. Diesmal muss ich auf den Bus in die Gegenrichtung warten und nutze die Zeit, um mir den Kopf zu zermartern. Vielleicht sollte ich ein Taxi rufen, anstatt hier Zeit zu verschwenden?

Oder gleich die Feuerwehr. Sicher ist sicher. Lieber einmal umsonst dort angerufen, als es ein Leben lang zu bereuen. Bevor ich zur Tat schreiten kann, kommt endlich der Bus. Ich setze mich hinein und durchlebe schlimme Minuten, bis ich endlich wieder aussteigen kann und mit rasendem Herzschlag nach Hause renne.

»Sie sind doch eben erst zurückgerannt«, ruft mir meine Nachbarin vom Balkon aus zu.

»Brennt es?«, kreische ich entsetzt nach oben.

»Nicht dass ich wüsste«, ruft sie zurück.

Ich springe die Treppe hinauf, schließe die Tür auf, rase in die Küche. Die hintere, rechte Herdplatte ist ausgeschaltet. Die daneben auch. Eigentlich sind sie alle ausgeschaltet. Soll ich mich jetzt darüber freuen?

»Wissen Sie«, sagt die freundliche Stimme meiner Nachbarin hinter mir, »lassen Sie doch ein Paar Ersatzschlüssel bei mir, dann brauchen Sie mich nur anzurufen, wenn Sie mal unsicher sind.«

Dankbar drehe ich mich zu ihr um.

»Und vielleicht würden Sie wiederum meinen Schlüssel nehmen«, spricht sie weiter, »denn neulich, da war ich fest davon überzeugt, dass ich die Heizung des Aquariums zu hoch eingestellt hatte und ...«

An diesem Nachmittag bin ich nicht mehr zum Zahnarzt gegangen. Aber nächste Woche werde ich hingehen und seelenruhig im Bus sitzen, denn meine Nachbarin hat jetzt meinen Hausschlüssel. Und ich habe ihren ...

21

Hilfe – wer kennt den richtigen Weg?

Haben Sie sich schon einmal verfahren oder verlaufen? Klar! Jeder Mensch tut das. Selbst Männer tun es gelegentlich – wenn sie es auch nicht gerne zugeben …

Der Unterschied zwischen einem verirrten Mann und einer verirrten Frau liegt darin, dass sich beide in dieser Lebenssituation grundlegend anders verhalten. Frauen geben sich ihrer Intuition hin, fühlen »aus dem Bauch heraus«, ob sie nach rechts oder links müssen. Und wenn das auch nicht hilft, dann fragen sie eben mal nach.

Männer würden niemals nach dem Weg fragen. Sie kämpfen lieber mit weit auseinander gefalteten Stadtplänen, vergleichen Straßennamen und denken scharf nach, und wenn das auch nicht hilft, dann – ja, dann haben wir ein Problem.

Sind Sie eine Frau, die beherzt nach einem dieser hirnverbrannt zusammengefalteten Stadtplänen greift und die sich damit zurechtfindet? Dann gratuliere ich Ihnen voller Bewunderung. Ich bin allerdings eine von der anderen Sorte, und darum wird es in dieser Kolumne auch gleich gehen …

Robert und ich befinden uns gut gelaunt im Auto, auf dem Weg zu einer Wohnungseinweihung am anderen Ende der Stadt. Wir fahren am Brandenburger Tor vorbei, alles läuft reibungslos. In zehn Minuten müssen wir da sein. Perfektes Timing.

»Guck doch mal auf den Stadtplan«, sagt Robert. »Müssen wir die zweite oder dritte Straße links rein?«

HAMBURG

»Bis ich auf dem Plan die richtige Stelle gefunden habe, sind wir längst da«, sage ich lachend, weil ich sicher bin, dass mein Mann Späße macht.

»Guck doch mal auf den Stadtplan!« Haha! Gerade ich! Hahaha!

»Nun mach schon!«, werde ich angeherrscht. »Muss ich die Leipziger Straße reinfahren oder besser die Wilhelmstraße?«

»Ich dachte, du kennst den Weg«, sage ich beleidigt.

»Natürlich kenne ich den Weg«, regt sich Robert auf und entreißt mir den Stadtplan, der noch immer unaufgeschlagen auf meinen Knien ruht. An der nächsten roten Ampel beginnt er, wie besessen in dem Plan herumzublättern.

»He!«, ruft er. »Das ist ja ein Stadtplan von Hamburg!«

»Es ist grün«, bemerke ich hoheitsvoll.

Wütend gibt er Gas. »Mist!«, ruft er. »Jetzt bin ich auf der Oranienstraße gelandet.«

»Dann fragen wir eben jemanden«, schlage ich vor.

»Nein!«, ruft Robert hektisch, als ginge es um seine Mannesehre.

»Das ist die falsche Richtung«, sage ich, denn meine Intuition hat sich soeben zu Wort gemeldet. Sie hat mir ferner mitgeteilt, dass mein Mann jetzt gleich richtig schlechte Laune bekommt.

»So!«, brüllt er tatsächlich los. »Das ist also die falsche Richtung, ja? Das sagst du, wo du noch nicht einmal einen Stadtplan richtig herum halten kannst!«

»Mach doch, was du willst!«, zicke ich Robert an und werfe ihm den Plan von Berlin an den Kopf.

Zumindest nehme ich an, dass es der von Berlin ist, denn Hamburg liegt schon zerfleddert auf der Rückbank, neben dem Blumenstrauß, den wir unseren Bekannten vor genau fünfzehn Minuten pünktlich und gut gelaunt überreichen wollten.

»Wir kommen zu spät«, informiere ich Robert, der am Straßenrand gehalten hat und mit finsterer Miene in den Stadtplan starrt.

»Wo zum Teufel ist denn die Schmidstraße?«, zischt er.

»Müssen wir da hin?«, frage ich.

»Nein, da sind wir gerade«, antwortet Robert.

»Ich werde jetzt einfach mal den netten Herrn da drüben fragen«, sage ich, doch bevor ich meinen Gurt lösen kann, hat Robert schon wieder Gas gegeben und ruft: »Das ist vollkommen überflüssig!«

»Ich wollte nicht fragen, ob er mich heiraten will«, meckere ich. Robert kurvt durch Berlin.

»War das eben nicht wieder das Brandenburger Tor?«, frage ich.

»Das sah nur so aus«, erwidert Robert und fährt eine scharfe Rechtskurve. »Diese ewigen Baustellen in Berlin!«, stöhnt er und fährt einem Umleitungsschild hinterher. »Hier war letzte Woche noch eine Straße!«

»Da drüben ist ein Polizist, den frage ich jetzt!«, rufe ich wild entschlossen und hechte aus dem Auto, das gerade sowieso im Stau steht.

»Sie sind hier und müssen dort hin«, erklärt er mir freundlich, während sein Finger über den Stadtplan fährt. Alles klar, vielen Dank.

Ich eile zurück zu Robert, der schamesrot hinter dem Lenkrad brütet. Das wird er mir nie verzeihen!

»Wir sind hier und müssen dort hin«, erkläre ich ihm und lasse meinen Finger ungefähr an derselben Stelle über den Plan fahren wie der Polizist.

»Sag ich doch!«, ruft Robert bockig, und wenig später kommen wir tatsächlich an. »Siehst du«, sagt er, nimmt die welken Blumen von der Rückbank und knallt die Autotür zu. »Es war gar nicht nötig zu fragen!«

So ist das mit den Stadtplänen, den verirrten Männern und Frauen und dem richtigen Weg.

22

Schwiegermutter und der Großputz

»Großputz« nennt es meine Schwiegermutter. »Albtraum« nenne ich es. Die Rede ist vom »Großreinemachen«, vom »Auf-allen-Vieren-hinter-den-Schränken-Wischen« – was ich, ehrlich gesagt, noch nie getan habe …

Es guckt doch keiner hinter den Schrank! Das habe ich meiner Schwiegermutter auch gesagt. Und die hat mich daraufhin so viel sagend angeschaut, dass ich mich wieder wie ein kleines Mädchen mit unordentlicher Schulmappe gefühlt habe. Das war nämlich meine Spezialität. Sie ahnen es bereits: Ich bin kein so besonders putzwütiger Mensch. Lieber nutze ich meine Zeit sinnvoll und trinke einen schönen Cappuccino zwischen den Sonnenblumen auf meinem Balkon.

Aber neulich, da gab es kein Entrinnen: Die Schwiegermutter hatte sich für den Nachmittag angekündigt, und als ich ihr etwas von Sonnenblumen und Kaffeetrinken erzählen wollte, hat sie mir ein Paar Gummihandschuhe in die Hand gedrückt und so wild entschlossen ausgesehen, als wollte sie die gesamte Wohnung innerhalb weniger Stunden keimfrei machen. Als sie begann, Unmengen Scheuermilch ins Spülbecken zu gießen, begriff ich, dass sie genau das vorhatte. Und ich guckte sehnsüchtig durch die Scheiben der Balkontür.

»Jetzt wird hier mal ordentlich geputzt!«, rief sie gegen das Rauschen des Wasserhahns an.

»Ich denke, das tut man nur im Frühling«, wagte ich noch schwach einzuwenden, aber mit einem »Papperlapapp«, schickte sie mich mit dem Glitzi-Schwamm auf die Jagd. Halbherzig fuhr ich damit über die Fliesen im Bad.

»Wir helfen«, riefen Samuel und Mäxchen. »Wir sind die Putz-Polizei!« Und mit sehr lautem »Tatütata« schmissen sie Bettvorleger, Kuscheltiere, Legosteine und mein Nachthemd in die Wanne, ließen Shampoo und Domestos hinterherfließen und rührten mit der Klobürste darin herum. Das alles ging so schnell, dass ich nichts sagen konnte. Außerdem war ich ja auf meinen Glitzi-Schwamm konzentriert.

Großputz hat letztendlich eine schädigende Wirkung. Vor allem hatte Domestos eine schädigende Wirkung auf mein seidenes Nachthemd.

»Was ist das hier für Unsinn?«, rief die Schwiegermutter mit hochgekrempelten Ärmeln. »Lass doch«, versuchte ich zu beschwichtigen, und meine Hoffnung auf eine nette Tasse Kaffee in der Nachmittagssonne stieg. »Ich räume das hier weg, und dann ist gut.«

»Nichts ist gut«, meckerte die Schwiegermutter. »Das ist ein chaotischer Haufen hier. Keine Sauberkeit, keine Erziehung.«

»Wieso?«, schmollte Max. »Wir helfen doch. Die Putz-Polizei putzt jetzt das Klo.«

»Nein!«, rief die Schwiegermutter hastig. »Ihr räumt jetzt brav das Kinderzimmer auf und geht uns aus dem Weg.« Mit schrillem »Tatütata« entfernte sich die Putz-Polizei, um sich gegenseitig Möbelpolitur in die Haare zu sprühen.

»Sind deine Söhne immer so?«, fragte die Schwiegermutter, und sie hörte sich ein wenig müde an. »Wieso?«, fragte ich. »Heute sind sie doch richtig brav.«

»Wir leeren jetzt den Kühlschrank und wischen ihn aus«, erklärte mir die Schwiegermutter und ging schnurstracks in die Küche. Ich räumte noch schnell im Badezimmer auf, dann folgte ich ihr. Auf den Küchentisch hatte sie in der Zwischenzeit den gesamten Inhalt des Kühlschranks geräumt.

»Oh-oh, wenn das kein Unsinn ist«, sagte Samuel mit gekräuselter Nase, und ich teilte seine Meinung.

»Ihr solltet doch euer Zimmer aufräumen!«, rief die Schwiegermutter.

»Wir sind in anderer Mission unterwegs«, lautete Samuels Antwort.

»In streng geheimer Mission«, ergänzte Mäxchen und machte ein wichtiges Gesicht. Ich sah, wie die Schwiegermutter kurz die Augen schloss und dreimal tief durchatmete. Dann wandte sie sich an mich, um mir gewissenhaft die Aufteilung eines Kühlschrankes zu erklären. »Ins Butterfach kommt die Butter und kein Aloe-vera-Gel«, sagte sie. »Und in diese Vertiefungen gehören Eier, genau zehn Stück, siehst du, und keine Kartoffeln. Und diese blauen Plastikmännchen schon gar nicht.«

»Das sind Schlümpfe«, erklärte ihr Mäxchen hoheitsvoll. »Und die machen eine Nordpolexpedition«, fügte Samuel nickend hinzu.

»Vielleicht kochst du mal einen Kaffee«, sagte die Schwiegermutter matt.

»Setz dich doch auf den Balkon«, riet ich ihr freundlich, zog mir die Plastikhandschuhe aus, und wenig später saßen wir alle gemütlich auf dem Balkon, zwischen den Sonnenblumen.

»Du solltest wirklich dringend mal wieder den Teppichboden shampoonieren und die Bilderrahmen abstauben«, sagte meine Schwiegermutter und inspizierte die Balkonkästen, die wahrscheinlich dringend mal wieder gestrichen oder ersetzt werden sollten.

»Ich werde erst einmal den Kühlschrank wieder einräumen«, erwiderte ich freundlich und pustete in meine Tasse. »Das reicht mir vorerst an Großputz. Und im Frühling mache ich dann weiter, wenn ich nicht gerade in geheimer Mission unterwegs bin.«

»Genau!«, riefen die Söhne. »Und die Putz-Polizei hilft wieder!« Da hat die Schwiegermutter dann nichts mehr gesagt, und ich hoffe, bis zum nächsten Frühjahr meine Ruhe zu haben.

23

Mein Mann als Beifahrer …

… hat es schwer. Denn immer wenn ich am Steuer sitze, windet er sich auf dem Beifahrersitz, als quälten ihn Krämpfe der schmerzhaftesten Art …

»Da vorn ist eine rote Ampel«, keucht er und erinnert mich dunkel an meinen Fahrschullehrer, der auch immer so atemlos gewesen war.

»Das sehe ich doch, mein lieber Robert«, sage ich und gebe noch ein bisschen Gas, nur um ihn zu ärgern und weil er dabei immer so erstaunlich rot wird.

»Breeeems!«, brüllt er und ist kurz davor, die Handbremse zu ziehen.

»Robert!«, erwidere ich streng und drücke das Bremspedal durch. »Ich fahre und du bist still!«

Eine Weile bleibt es ruhig auf dem Beifahrersitz. Ein kurzer Seitenblick zeigt mir, dass Robert mit ineinander verknoteten Händen dasitzt. Vielleicht betet er?

»Guck nach vorn«, ruft er und will mir ins Lenkrad greifen, nur weil wir uns der Laderampe eines Lasters nähern.

»Nun sei doch nicht so albern«, meckere ich. »Ich fahre seit fast zwanzig Jahren Auto und weiß, dass man bei Rot bremst und um parkende Laster herumfährt.«

»Das behauptest du jetzt nur«, knurrt Robert und schaltet am Hebel der Wisch-Wasch-Anlage herum. »Mach doch mal die Scheiben sauber, da kann man ja gar nicht durchgucken!«

»Finger weg!«, rufe ich und gebe wieder Gas.

»Du fährst viel zu schnell«, murmelt Robert. Ich ignoriere

ihn, halte brav an der nächsten roten Ampel, und das nicht nur, weil er so heftig geatmet hat.

»Du hast dich falsch eingeordnet, wir müssen rechts abbiegen«, bricht es auch Robert heraus. Es scheint tatsächlich stärker zu sein als er. Irgendeine Urgewalt schüttelt ihn. Leider hat er Recht. Ich hätte tatsächlich rechts abbiegen müssen. Na und? Frohen Mutes schalte ich den Blinker ein und versuche, mich in die Nebenspur einzufädeln. Hinter mir wird gehupt. Robert rauft sich die Haare. »Du blockierst ja die gesamte Kreuzung!«, schreit er mit sich überschlagender Stimme.

»Es muss mich ja nur mal einer reinlassen«, sage ich lässig. Mich stört es nicht, wenn hinter mir gehupt wird. Aber meinen Mann stört es wohl. Während er die Hände vor das Gesicht geschlagen hat, um nicht länger mitverfolgen zu müssen, wie halb Berlin durch meine Schuld ins Verkehrschaos stürzt, habe ich eine Lücke gefunden und bin wenig später rechts abgebogen. Recht elegant sogar, finde ich.

»Lebst du noch?«, frage ich lachend.

Misstrauisch lässt Robert die Hände sinken. »Wieso fährst du so lahm?«, fragt er.

»Weil hier eine Dreißiger-Zone ist«, erkläre ich ihm sehr geduldig.

»Ach so, hm, na ja«, macht Robert verlegen. »Das konnte ich nicht sehen, weil ich ja die Augen geschlossen hatte.«

»Aber ich hatte meine zum Glück weit offen«, sage ich.

Ob Robert sich beruhigt hat?

»Ich mach mal das Radio aus«, flüstert er nach einer Weile. »Damit du dich besser konzentrieren kannst.«

»Ich bin konzentriert«, antworte ich und schalte das Radio wieder ein.

»Rechts vor links!«, ruft er im nächsten Augenblick.

»Das weiß ich doch«, meckere ich. »Nun hör endlich auf.«

Robert überprüft zum zehnten Mal seinen Sicherheitsgurt und schweigt beleidigt. Nur seine Hände hat er wieder so merkwürdig verknotet, und leicht nach vorn gebeugt sitzt er da, damit er mich vor jedem Kieselstein, der auf der Straße liegt, rechtzeitig warnen kann. Und vor jeder roten Ampel.

»Die wird gleich rot!«, schreit er schon wieder los. »Brems lieber schon mal ab!«

Ich gebe Gas.

»Breeems!«, brüllt Robert. Ich komme bei Gelb noch bequem über die Ampel und halte den Wagen am Straßenrand. Robert atmet heftig. Sein Gesicht ist dunkelrot. »Wenn du hier parken willst, musst du den Motor ausschalten und die Handbremse ziehen«, belehrt er mich schwitzend.

»Ich will hier nicht parken«, antworte ich. »Ich möchte nur, dass du weiterfährst, weil ich mich ernsthaft um deinen Kreislauf sorge.«

»Ich habe doch gar nichts gesagt«, schmollt Robert. Aber ich bin schon ausgestiegen. Wenig später fährt Robert. Sein Atem geht ruhig, seine Gesichtsfarbe hat sich normalisiert, alles ist in Ordnung. Nur dass er so lahm auf diese Ampel zufährt, die jeden Augenblick auf Rot umschalten wird, das geht mir richtig auf die Nerven!

»Gib Gas!«, rufe ich und trete mit meinem rechten Fuß wie wild ins Leere. Die Ampel springt auf Rot, Robert bremst. Ich verdrehe die Augen.

»Willst du nicht was lesen?«, fragt mich Robert. »Damit ich hier in Ruhe fahren kann.«

»Mir wird schlecht, wenn ich im Auto lese«, erkläre ich und schalte am Radio herum. Und statt etwas zu lesen, habe ich lieber etwas geschrieben. Und zwar genau diese Geschichte.

24

Warum haben Kinder immer Zeit?

Wenn man es eilig hat, geht meistens alles schief. Wer kennt ihn nicht – den angestoßenen Zeh, weil man nur ganz schnell noch mal ins Bad rennen musste, um das rote Nagellack-Fläschchen zu holen. Das natürlich kurz darauf über die Hose kippt, weil man sich so schrecklich beeilen musste …

Und den Bus hat man dann auch noch verpasst, nur weil ein Schuss Haarspray ins frisch geschminkte linke Auge geraten ist – und das ist eine reichlich schmerzhafte Angelegenheit. Ich habe es leider ziemlich oft eilig. Meine drei Kinder dagegen nie.

Neulich stehe ich ausgehfertig im Kinderzimmer. Es ist kurz vor acht Uhr morgens, Sanne und die Jungs müssen in Schule und Kindergarten gebracht werden. Ich selbst habe eine Verabredung. Alles kein Problem, denke ich mir.

Im Kinderzimmer wird noch eifrig gespielt. Samuel und Max hocken in ihren Schlafanzügen unter einer selbst gebauten Höhle. »Wir müssen los!«, rufe ich in die Höhle.

»Hier sind nur zwei Bärenjungen«, lautet eine brummige Antwort.

»Und wo sind meine Jungs?«, frage ich, denn noch bin ich Herrin der Lage.

»Die haben wir aufgefressen«, brummt es erneut.

»Oh!«, rufe ich laut und suche dabei Kleidung für die Kinder aus dem Schrank. »Das ist aber jammer-jammerschade!«

»Brumm.«

»Kommt jetzt!«, sage ich fröhlich. »Ihr müsst in den Kindergarten!«

»Wir sind doch aufgefressen worden!«, kreischt Samuel wütend unter der Decke hervor.

Ein Blick auf die Uhr verrät mir, dass ich nicht mehr Herrin der Lage bin. »Schluss jetzt!«, rufe ich. Die zweistimmige Antwort lautet: »Brumm!«

»Mama«, ertönt ein weiteres Stimmchen, das zu Sanne gehört. »Du hast mir Kräuterkäse auf mein Schulbrot geschmiert, und ich mag keinen Kräuterkäse!«

»Pech gehabt!«, rufe ich und fange an zu schwitzen. »Kämm dir die Haare und zieh dich an. Wir müssen los!«

»Wenn ich aber doch keinen Kräuterkäse mag!«, erbost sie sich und kriegt einen starren Blick. »Und das da ziehe ich nie im Leben an!«, mosert sie.

»Sanne!«, rufe ich und versuche dabei ein Bärenjunges aus seiner Höhle zu angeln. »Das ist eine sehr hübsche karierte Bluse.«

Jemand beißt mir in die Hand. »Ich hasse Karos und ich hasse Kräuterkäse!«, lautet die Antwort, und Sanne sinkt in einen vorpubertären Sitzstreik.

Ich puste mir auf die Finger, in denen deutlich eine Bissspur zu erkennen ist. »Kommt jetzt da raus!«, brülle ich wütend. Es hört sich ein bisschen nach Bärenmutter an. »Nein«, brummt es aus der Höhle.

»Gut«, sage ich und drehe mich um. »Dann gehe ich allein und komme erst heute Abend wieder. Tschühüss.«

Dies ist ein Griff in die Erziehungsmottenkiste gewesen, denn sobald ich das Zimmer verlassen habe, höre ich dumpfes Gekicher.

»Das sagt sie jedes Mal«, gluckst Sanne. »Ihr werdet sehen, gleich kommt sie wieder reingerauscht und schreit ...« Wutentbrannt stürze ich zurück ins Kinderzimmer, stoße mir dabei den kleinen Zeh und schreie: »Himmeldonnerwetter, werdet ihr jetzt hören?«

»Na? Habe ich es nicht gesagt?« Sanne grinst zufrieden.

»Wir müssen los!«, rufe ich.

»Ja doch«, sagen die Bärenjungen und verlassen auf allen Vieren, im Zeitlupentempo ihre Höhle. Während sich die Kinder anziehen, setze ich noch schnell eine Waschmaschine in Gang. Dass mir dabei vor lauter Eile eine seidene Hose in die 60-Grad-Wäsche rutscht, werde ich erst später feststellen.

Die Kinder sind angezogen, Sanne hat sich statt der Bluse ein T-Shirt angezogen. Das ist mir auch recht, Hauptsache alle sind fertig. Vor der bereits geöffneten Wohnungstür macht Sanne noch einmal kehrt. »Ich muss nur noch schnell meine Schulmappe packen«, sagt sie.

»Wir warten solange in unserer Höhle«, freuen sich die Jungs, und im nächsten Augenblick sind alle Kinder wieder verschwunden. Keuchend setze ich mich auf die Treppe und glaube meinen Verstand zu verlieren.

Eine Nachbarin kommt gerade herunter. »Ach«, sagt sie. »Sie haben immer alles so herrlich gelassen im Griff, Frau Wekwerth.«

»Das täuscht«, flüstere ich tonlos.

»Wo ist denn nur mein Mathebuch?«, höre ich Sanne aus dem Wohnzimmer rufen.

Die Nachbarin lächelt mich an: »Gut Ding will Weile haben, nicht wahr?«

»Genau«, rufe ich und springe auf. Weile hin, Weile her. Jetzt ist Eile geboten. Das braucht ja die Nachbarin nicht zu erfahren. Hektisch scheuche ich die Kinder vor mir her, erreiche mit ihnen in letzter Minute Schule und Kindergarten und verpasse trotzdem meinen Bus, weil ich meine Handtasche zu Hause liegen gelassen habe.

Was hatte die Nachbarin gesagt? »Gut Ding will Weile haben.« Das gilt vielleicht für einen Hefeteig, aber in meinem Alltag ist diese Weisheit irgendwie nicht anzuwenden.

25

Wer sieht morgens gerne in den Spiegel?

Sind Sie auch eine dieser beneidenswerten Naturschönheiten, die sich morgens mit vom Schlaf rosigen Wangen und wach blitzenden Augen vor den Spiegel stellen?

Und die sich nach dem Zähneputzen nur einen Hauch Lipgloss auf die vollen Lippen zu tupfen brauchen, um für den Rest des Tages umwerfend auszusehen? Dann behalten Sie es besser für sich, denn Sie sind eine große Ausnahme, und man wird Ihnen sowieso nicht glauben!

Ich schleppe mich morgens ausgesprochen übellaunig vor den Badezimmerspiegel; vermeide es, beim Zähneputzen hineinzuschauen, und erst wenn ich mein Gesicht kalt gewaschen habe, wage ich einen ersten Blick. Und was sehe ich dann? Eine zerstrubbelte Person, schätzungsweise weiblichen Geschlechts, die mit Mühe ihre geschwollenen Augen offen hält. Und deren zerknittertes Gesicht gleich eine aufwändigere Behandlung brauchen wird als einen Hauch Lipgloss. In einer Zeitschrift habe ich gelesen, dass sich Morgenmuffel erst einmal nett im Spiegel begrüßen sollen, aber mehr als ein mürrisches »Moin« bringe ich nicht über die Lippen.

Das klingt nicht besonders nett, und so sehe ich auch noch nicht aus. Also her mit der Tagescreme, die mit den vielen Vitaminen und dem Lichtschutzfaktor und der straffenden Wirkung. Gähnend streiche ich mir über die Wangen.

Dann untersuche ich meine Augenringe. Du meine Güte! Das ist morgens wirklich richtig harte Arbeit. Ein kühlendes Augengel verspricht laut Packungsbeschreibung Linderung und strahlende Augen. Sanft klopfe und salbe ich. Es brennt in den Augen. Am liebsten hätte ich jetzt einen Kaffee! Robert, der liebste Ehemann, bummert an die Badezimmertür. »Guten Morgen«, ruft er, und so viel gute Laune in der Früh macht mir Angst.

»Ich bin noch nicht so weit«, rufe ich und greife nach der Haarbürste, um aus diesem Vogelnest auf meinem Kopf eine Frisur zu zaubern. Was tue ich bloß die ganze Nacht, um so viele Knoten in meine Haare zu bekommen? Es schmerzt beim Kämmen, gleich bekomme ich Kopfweh. Das Brennen in den Augen hat nachgelassen, dafür tränen sie jetzt.

Wieder klopft jemand an die Tür. »Mama, ich muss Pipi«, schreit einer der Jungs.

Gleich!«, schreie ich zurück und reiße an der Haarbürste. Ein großes Büschel meiner Haare hängt darin. Wenn ich jetzt auch noch Haarausfall bekomme, geht es wirklich bergab.

»Mamaaaa!« Es klingt dringend. Widerstrebend öffne ich die Tür. Hinein stürzen drei Kinder, Samuel setzt sich aufs Klo, Max hockt sich auf den Badewannenrand, um mir Gesellschaft zu leisten, und Sanne beäugt meine Lippenstiftsammlung. Eilig reibe ich Make-up auf meine fahle Haut.

»Lecker, Schokolade!«, ruft Max.

»Würdet ihr jetzt bitte alle wieder rausgehen?«, sage ich gereizt.

»Ich muss meine Hände waschen«, protestiert Samuel. Dagegen kann ich schwerlich etwas einwenden. »Und ich muss meine Zähne putzen!«, ruft Max. Ich seufze. Wenn ich mal ganz viel Geld habe, dann kaufe ich mir keine Villa und keine Yacht, sondern nur ein eigenes Badezimmer. Während die Kinder am Waschbecken planschen und Sanne sich mit »Chanel Nummer 5« besprüht, kämpfe ich weiter mit meinen Haaren und ziehe mühevoll einen Scheitel, der einfach nicht gelingen will. Dann binde ich alles am Hinterkopf zusammen. Einfallslos, aber praktisch. Ich bin einen Schritt weiter. »Seid ihr jetzt fertig?«, frage ich die Kinder.

»Mama, ich erzähl dir mal einen Witz«, ruft Sanne, die gerade mit einer Flasche Haarspray experimentiert.

»Raus!«, schreie ich und reiße das Fenster auf, um nicht zu ersticken an Parfum- und Haarspraywolken. Schmollend trollen sich die lieben Kleinen, und ich kann in Ruhe Rouge auf meine Wangen pinseln. Das war wohl doch ein Hauch zu viel? Bei Sarah Jessica Parker sieht das immer so toll aus, wenn sie mit ihren hohen Apfelbäckchen an einem Martini nippt. Bei mir sieht es ausgesprochen albern aus. Ich trinke am Morgen auch nicht gerne Martinis. Also wieder runter damit.

Dafür werde ich mir jetzt einen mondänen Lidstrich malen. Auch nicht gerade so einfach, aber ich lasse nicht locker. Ein Seitenblick auf die Uhr verrät mir, dass ich bereits eine halbe Stunde an mir herumgebastelt habe, ohne nennenswerten Erfolg. Auf meinen gereizten Lidern sieht der Strich sehr düster aus. Hastig tusche ich meine hellblonden Wimpern. Leider muss ich dabei niesen, denn zu viel »Nummer 5« schwebt noch im Raum. Schwarze Fliegenbeine haben ihre Abdrücke auf meinen geschwollenen Tränensäcken hinterlassen, und gleich muss ich wirklich weinen.

Später, an der Supermarktkasse, frage ich mich insgeheim, ob die Frauen vor und hinter mir in der Warteschlange auch alle so lange gebraucht haben, um gesellschaftsfähig auszusehen, oder ob sie alle Naturschönheiten sind. Ich bin jedenfalls ganz sicher keine!

26

Ändern Sie Ihre Meinung auch gerne?

Manch eine findet Wackeldackel im Rückfenster ihres Autos wahnsinnig niedlich. Eine andere nicht. Wieder eine andere ist der Meinung, dass tägliches Joggen gut für die schlanke Linie ist …

Und ihre Nachbarin meint, genug Kalorien beim Fernsehen zu verbrennen. So biegt sich jede ihr eigenes Weltbild zurecht. Ich bin darin eine Spezialistin, aber lesen Sie selbst, wie es mir neulich nach einem Einkaufsbummel ergangen ist.

In einer roten Caprihose und dazu passender roter Jacke stehe ich zweifelnd zu Hause vor dem Spiegel. Etwas sehr rot kommt mir dieses Outfit auf einmal vor. Und die Hose ist mir eigentlich zu kurz. Und das geblümte Tuch sieht irgendwie albern aus.

»Neckisch!«, hatte die Verkäuferin ausgerufen, und ich war dumm genug gewesen, mir diese ganzen roten Kleidungsstücke zu kaufen, wo ich doch eigentlich nur eine neue Jeans gebraucht hätte.

»Lady in Red«, summe ich zuversichtlich, aber es hilft nicht. Ich sehe aus wie ein gekochter Hummer. Wie ein Feuerwehrmann, der in Ketchup gefallen ist.

Aber halt! Jetzt muss meine langjährige Erfahrung im Weltbild-Zurechtdrehen greifen.

Rot ist die Farbe der Leidenschaft. Sie steht mir ausgesprochen gut, finde ich. Dass die Hose hinten am Po beult, hatte ich in der Boutique gar nicht gesehen. Macht nichts, tröste ich mich, das zeigt mal wieder, wie schlank ich bin und dass Größe 42 einfach ein bisschen zu groß für mich ist.

Die Jacke ist wiederum etwas eng ausgefallen, aber betont man dieses Jahr nicht die weibliche Linie? Jawohl, das tut man, und ich bin mal wieder voll im Trend.

Dass die Knöpfe meiner trendy Jacke so groß und aus Plastik sind, fällt mir gerade auf. Eigentlich mag ich große rote Plastikknöpfe nicht besonders. Aber diese hier sind – ja, sie sind auf eine ganz gewisse Weise groß und rot. Und rund sind sie außerdem. Mehr fällt mir zum Thema »Knöpfe« nicht ein, da klingelt es zum Glück an der Tür. Es ist Marie, meine beste Freundin, und ich sehe deutlich, wie sich ihre Augen entsetzt weiten.

»Was hast du da an?«, flüstert sie.

»Meinen neuen Hosenanzug«, antworte ich hoheitsvoll.

»Er beult am Po!«, ruft Marie ungefragt. »Und diese großen Knöpfe! Und ...!«

»Das ist die neue Mode!«, fahre ich ihr ins Wort.

»Zu enge Jacken und ausgebeulte Hosen sind jetzt Mode?«, lacht Marie mich aus, was ich ganz schön gemein finde. Ich ziehe mir die Hose hoch, rücke mein Blumentuch zurecht und gehe Kaffee kochen.

»Das ist ein Fehlgriff!«, ruft Marie mir hinterher.

»Wie geht es eigentlich Tim?«, frage ich, denn das ist ihr Freund, und es wird sie von meinem Outfit ablenken.

»Gut«, sagt Marie. »Das Halstuch ist übrigens auch völlig daneben!«

»Wollt ihr nicht bald heiraten?«, frage ich weiter. Ich möchte nicht länger über meine Kleidung reden.

»Er will nicht heiraten«, antwortet Marie dumpf. Prüfend schaue ich sie an.

»Ich finde das auch vollkommen in Ordnung!«, ruft sie wie auf Knopfdruck. »Voll-kom-men in Ordnung. Wir kennen uns ja noch nicht so lange.«

»Ihr kennt euch seit fünf Jahren«, erinnere ich sie und gieße Kaffee ein.

»Na und?«, sagt sie mit rotem Gesicht. »Was bedeutet schon die Ehe? Wir sind glücklich!«

»Hm-hm«, mache ich skeptisch. Wenn das nicht ein akuter Fall von »Zurechtdrehen« ist!

»Heiraten bedeutet doch nicht mehr, als seinen Namen auf ein Stück Papier zu schreiben!«, ruft sie. »Tim und ich sind frei von diesen gesellschaftlichen Zwängen. Außerdem wird jede dritte Ehe wieder geschieden!« Marie ist sichtlich erhitzt.

»Dann ist ja alles gut«, beruhige ich sie.

»Ja, alles ist gut«, schnauft sie.

Den Rest des Nachmittags reden wir weder über rote Hosenanzüge noch über heiratsunwillige Männer. Und als Marie gegangen ist, stehe ich wieder vor dem Spiegel und gebe meinen Widerstand auf. Ich bin nicht der Typ für einen ausgebeulten, roten Hosenanzug mit riesengroßen Plastikknöpfen.

Da hilft auch das kitschig geblümte Tuch nichts! Marie hat vollkommen Recht gehabt. Am nächsten Tag ruft sie übrigens an: »Tim hat mir einen Heiratsantrag gemacht!«, trompetet sie in den Hörer.

»Und was ist mit den gesellschaftlichen Zwängen?«, frage ich erstaunt.

»Was für Zwänge?«, ruft sie überglücklich. »Durch die Ehe bekennen sich zwei Liebende doch erst wirklich zueinander!«

»Ach, so ist das«, sage ich lachend und gratuliere. Ja, so ist das mit der gerade gültigen Weltanschauung. Ich habe übrigens neulich einen Wackeldackel geschenkt bekommen, aber ich kann mir nicht helfen! Ich finde ihn einfach grauenvoll.

27

Wenn die Mama mal krank ist

Die kühlen Herbstwinde bringen ihn mit sich: den Schnupfen. Und man könnte den Eindruck gewinnen, dass eine ganze Welt aus den Fugen gerät, wenn eine Mutter sich mal krank ins Bett legt …

Bei uns zu Hause brach jedenfalls letzte Woche der »Mikrokosmos Wekwerth« zusammen, als meine Gesundheit streikte.

»Und wer macht uns das Frühstück?«, fragte Sanne mit bebender Stimme.

»Papa«, sagte ich matt unter der Decke hervor und schloss die Augen.

»Kann der das?«, wollte Sanne ungläubig wissen.

»Ich kann es jedenfalls nicht«, krächzte ich und gab mich dann eine Weile einem Hustenanfall hin. Als ich wieder atmen konnte, hörte ich fröhliches Geschirrgeklapper aus der Küche und sackte erleichtert in die Kissen. »Na also«, dachte ich. Es ist ja auch keine hohe Kunst, drei Kinder morgens mit Frühstück, Pausenbroten und gekämmten Haaren in den Tag zu entlassen. Jeder könnte das tun. Gerade wollte ich in einen heilenden Schlaf fallen, da vernahm ich den Klang aufgeregter Kinderstimmen aus der Küche.

»Bei Mama dürfen wir immer Nutella aus dem Glas löffeln«, rief Samuel.

»Glaub ihm kein Wort«, wollte ich rufen, aber ich bekam keinen Ton heraus.

»Und bei Mama gibt es immer heißen Kakao mit Sahnehäubchen«, kritisierte Mäxchen lautstark seinen Vater, von dem ich noch keinen Ton gehört hatte.

Ein schwacher Blick auf den Wecker verriet mir, dass es höchste Zeit zum Aufbruch war, wenn alle noch pünktlich Schule, Kindergarten und Büro erreichen sollten. Und ich selbst hätte sehr gerne einen Kräutertee getrunken, aber ich wollte Robert, den liebsten Ehemann, nicht überfordern.

»Gib mir sofort den Löffel!«, hörte ich eines meiner Kinder kreischen. Sie waren doch jetzt nicht wirklich dabei, Nutella aus dem Glas zu löffeln?

»Wo ist denn in dieser chaotischen Küche das Handrührgerät? Oder geht das auch mit der Moulinex?«, hallte Roberts Stimme durch die Wohnung. Wollte er den Kindern morgens um sieben tatsächlich Sahne schlagen? Stöhnend raffte ich mich auf und wankte in die Küche. Der Anblick, der sich mir dort bot, ließ meine bereits erhöhte Temperatur weiter nach oben schnellen. Drei schokoladenverschmierte, höchst vergnügte Kinder saßen in Schlafanzügen am Küchentisch und stocherten mit Fingern und Esslöffeln in einem Familienglas Nutella herum. Der Vater dieser unerzogenen Kinder rumorte, seinerseits nur mit einem Schlafanzug bekleidet, in der Speisekammer. »Robert«, krächzte ich entsetzt. »Was ist hier los?«

Roberts Kopf wurde sichtbar. »Was soll sein?«, sagte er unschuldig. »Wir frühstücken.«

»Nutella auf dem Löffel ist kein Frühstück ...«, begann ich und musste eine Weile husten. Dabei wurde ich von meinen Lieben mitleidsvoll beobachtet.

»Nun aber ab mit dir ins Bett«, rief Robert, als wäre ich nicht ganz richtig im Kopf. »Wir kriegen das schon bestens ohne dich hin.«

»Das sehe ich nicht so«, entgegnete ich widerborstig.

»Nimm dich nicht so wichtig«, wurde mir als kleine Lebensweisheit mit auf den Weg ins Bett gegeben. »Jeder macht es auf seine Weise.«

Grummelnd verschwand ich unter der Decke. Meinen Tee hatte ich auch nicht bekommen. Wütend schloss ich die Augen, um sie im nächsten Moment wieder zu öffnen.

»Entschuldige«, murmelte Robert. »Kann man Sahne auch mit einem Schneebesen schlagen?«

»Klar«, murmelte ich gehässig, »jeder macht es auf seine Weise.«

Hoch motiviert wollte Robert wieder in die Küche eilen. »Robert«, rief ich ihm mit voller Nase hinterher. »Nur ganz nebenbei: Es ist zehn nach sieben.«

»Alles unter Kontrolle«, rief er gehetzt, und ich schnaubte mir die Nase.

»So, Kinder«, hörte ich ihn rufen. »Wir müssen uns jetzt ein bisschen beeilen. Den Kakao mache ich euch heute Abend, ja?«

»Nein, jeeetzt!«, kreischte es lautstark aus drei durstigen, fordernden Kinderkehlen, und ich musste in mein Taschentuch grinsen. Da ich mich ja neuerdings nicht mehr so wichtig nahm, beschloss ich, mich nicht wieder einzumischen.

»Aber es ist schon so spät«, setzte Robert verzweifelt die Verhandlungen in der Küche fort.

»Versprochen ist versprochen«, riefen die Kinder gnadenlos. Wenig später hörte ich einen Schneebesen surren und meinen Mann fluchen. »Geht euch in der Zwischenzeit die Gesichter waschen und zieht euch an!«, rief er gequält, dann begann ein Handrührgerät zu brummen.

Zwischen halb geschlossenen Lidern sah ich meine klebrigen Pyjama-Kinder fröhlich über den Flur in ihr Kinderzimmer hüpfen. Wenig später sang Benjamin Blümchen aus dem Kassettenrecorder.

»Ihr sollt euch anziehen!«, brüllte Robert aus der Küche, aber keiner hörte ihn. Nur ich. Leider habe ich keinen Platz mehr, um Ihnen zu berichten, wie dieser Tag endete, aber ich kann Ihnen versichern, dass es erholsam und höchst amüsant sein kann, sich selbst nicht so wichtig zu nehmen.

28

Auch kleine Söhne sind vom Mars …

Dass Männer vom Mars sind, das wissen wir schon lange. Aber in welchem Alter geht es bloß los damit?

Wenn ich mir meine Söhne so betrachte, wird mir immer klarer, dass bereits die jüngsten Vertreter des männlichen Geschlechts von weither zu kommen scheinen. Vom Mini-Mars, sozusagen. Aber lesen Sie selbst …

»Ich bin der Ritter Kunibert und hau dir gleich auf den Kopf!«, röhrt es am Sonntag gegen halb sieben Uhr früh aus dem Kinderzimmer.

»Wir sollten mal nachsehen gehen«, murmele ich schlaftrunken meinem liebsten Ehemann Robert zu und meine eigentlich: Er sollte mal nachsehen gehen.

»Sie spielen doch nur«, gähnt er mich an und dreht sich auf die andere Seite. »Auf Köpfe hauen ist kein schönes Spiel«, widerspreche ich. Im Nebenzimmer poltert es.

»Ergib dich!«, kreischt ein kleiner Junge. Ich glaube, es ist Max. »Niemals!«, brüllt Samuel, und mir reicht es allmählich. Müde torkele ich ins Kinderzimmer.

»Geht das bitte etwas leiser?«, frage ich und reibe mir die Augen. Vor mir stehen zwei kleine Ritter mit selbst gebastelten Masken und erhobenen Holzschwertern.

»Ein Drache!«, kreischt Max und will mich attackieren.

»Ich bin deine Mutter«, meckere ich ihn an, auch wenn es sich anhört, als würde ich gleich Feuer spucken. »Und ich will noch etwas schlafen.«

»Tötet den Drachen!«, rufen nun beide Mini-Ritter, und so etwas wie Mordlust glitzert in ihren Augen. Wo haben sie das nur her? Vom männlichen Mars-Gen.

Genau wie ihre Faszination für Bagger, Flugzeuge, Riesendampfer, Rennautos und anderes langweiliges Zeug. Bevor mir einer meinen Drachenkopf abschlagen kann, flüchte ich ins Bett zurück. Im Nebenzimmer wird heftigst gekämpft. Ritter Kunibert gegen Ralf Schumacher, so erfahre ich zwischen den Gefechten.

»Attacke!«, schrillen muntere Stimmchen, und es wird über den Flur galoppiert. Polternd fällt im Wohnzimmer etwas zu Boden. Totenstille. Dann fängt ein kleiner Junge an zu heulen. Ist es Ralf oder Kunibert?

»Jetzt bist du dran«, informiere ich meinen sanft schnarchenden Ehemann und stoße ihm in die Rippen.

Missmutig schleicht sich Robert nach draußen. Wenig später ist er wieder da. »Max hat einen blauen Fleck und eine Vase ist kaputt gegangen«, sagt er schläfrig und schließt die Augen, als ob nichts passiert wäre.

»Welche?«, rufe ich angstvoll.

»So eine hässliche geblümte«, murmelt Robert und schläft. Geblümt? Das kann doch nicht wahr sein! Das ist bestes Porzellan. Wütend stehe ich auf, um mir die zwei Randalierer vorzunehmen.

»Da kommt der Drache wieder!«, ruft Samuel begeistert und zeigt mit spitzem Zeigefinger auf mich. »Könnt ihr jetzt mal aufhören?«, wüte ich. »Macht doch mal ein nettes Puzzle.«

»Nö, langweilig«, knurrt Max, der inzwischen einen roten Feuerwehrhelm trägt und mich mit einer grünen Buddelschippe aus Plastik bedroht. »Ihren Führerschein, bitte«, schnarrt er und guckt wild entschlossen. »Was soll das bedeuten?«, frage ich irritiert. Ralf Schumacher von der freiwilligen Feuerwehr, der schlaflosen Mamas den Führerschein abnimmt? Zum Schlafen habe ich jetzt allerdings keine Lust mehr. Ich gehe in die Küche und koche Kaffee.

»Brumm, bruuuuumm«, macht es aus dem Flur, über dessen Boden zahlreiche Matchbox-Autos in einen Mega-Stau rasen.

Kurz darauf schrillt eine Feuerwehrsirene. »Tatütata ...« In meiner Wohnung ist das weltgrößte Verkehrschaos ausgebrochen. Einige Flugzeuge müssen vor der Badezimmertür notlanden.

»Ich gehe mal eben in den Keller«, sage ich den beiden ADAC-Spezialisten, die gerade dabei sind, mit Baggern den Stau aufzulösen. Das ist ja mal eine ganz neue Lösung!

»In den Keller?«, flüstern sie und sehen mich bewundernd an.

»Ja«, sage ich. »Bin gleich wieder da.«

»Du willst ganz allein in den Keller?« Ehrfurcht schwingt in ihren Stimmen. Vier große Augen schauen von unten zu mir auf, und ich erkenne, was sie gerade sehen: eine Heldin! Ich bin die Heldin des Tages.

»Aber im Keller ist es dunkel«, flüstert Max. »Und es spukt«, ergänzt Samuel.

»Ich werde trotzdem gehen«, sage ich mit kämpferischer Stimme, »denn ein Sonntagsfrühstück ohne Erdbeermarmelade ist einfach nicht auszuhalten!«

»Schick doch Papa«, raten mir meine Söhne mit besorgten Gesichtern.

»Ich schaffe es schon allein«, antworte ich, doch da sind die kleinen Marsankömmlinge nicht mehr zu bremsen. Wilder Beschützergeist flammt in ihnen auf. »Wir kommen mit!«, rufen sie entschlossen, und wenig später mache ich mich mit zwei Rittern auf den Weg in den gefährlichen Keller. Bis unter die Zähne bewaffnet mit Schwertern und Legosteinen sind sie, und mir ist klar, dass mir in ihrer Gegenwart wirklich überhaupt nichts passieren kann. Bis auf noch mehr zerschlagene Vasen. Es geht doch nichts über meine kleinen Mini-Macho-Männer!

29

Wenn man sich mal unbeobachtet fühlt

Was tun Sie, wenn Sie sich unbeobachtet fühlen? Gar nichts Besonderes? Das glaube ich Ihnen nicht! Denn ich habe in letzter Zeit viele Menschen gesehen, die sich wohl unbeobachtet gefühlt haben …

Merkwürdigerweise ist dies häufig in einem Auto der Fall, an einer roten Ampel. Ein diskreter Blick nach rechts verrät mir, dass der Herr in dem dunkelblauen Mercedes ein Problem mit der Atmung hat.

Hoch konzentriert bohrt er seinen Zeigefinger ins Nasenloch, als wäre er allein auf der Welt. Er fühlt sich offensichtlich sehr unbeobachtet. Noch ein Stückchen weiter wagt sich der Finger in das Riechorgan. Und bevor er mit einer leichten Drehung wieder herausgezogen wird, wende ich angewidert meinen Kopf auf die andere Seite.

Dort ist eine Frau gerade dabei, sich im Rückspiegel die Lippen nachzuschminken und ihre Vorderzähne auf Speisereste zu überprüfen. Da! Jetzt ist sie fündig geworden! Mit dem Mittelfinger kratzt sie energisch an ihrem Eckzahn herum. Es würde mich nicht verwundern, wenn sie gleich zur Zahnseide greift. So etwas sollte man immer im Auto dabeihaben, denn man weiß ja nie, wie lange man an roten Ampeln and in Staus steht.

Da bietet es sich doch förmlich an, die vergeudete Zeit sinnvoll zu nutzen. So wie die nette, ältere Dame an der nächsten roten Ampel. Die macht ein wenig Gymnastik, rollt den Kopf, zuckt mit den Schultern. Kurz frage ich mich, ob sie vielleicht

tanzt? Auf jeden Fall ist auch sie der Meinung, ihre Scheiben seien blickdicht.

Hinter mir beißt ein sonst eigentlich recht zivilisiert wirkender Mann im Anzug gerade in eine Hühnerkeule.

Im Auto neben mir gibt es einen heftigen Ehekrach. Gebannt verfolge ich den Gefühlsausbruch einer dicken Dame, die ihren Mann so heftig anbrüllt, dass die Scheiben beschlagen. Schade! Jetzt sind sie wirklich unbeobachtet. Und wenn die Ampel nicht gleich wieder auf Grün springen würde, könnten sie sich sogar gleich noch leidenschaftlich versöhnen.

Als es sich an der nächsten Straßenecke ein wenig staut, werde ich Zeugin einer großen künstlerischen Darbietung. Eine Mutter versucht, ein Baby in seiner Sitzschale mit Aprikosenbrei zu füttern, während ihr ein Handy am Ohr klemmt und sie hektisch am Scheibenwischer herumschaltet. Auf der Rückbank schmiert derweil ein kleiner Junge seelenruhig sein Butterbrot an die Scheibe. Das hat seine telefonierende, schaltende, fütternde Mutter allerdings noch nicht mitbekommen. Und es wird ihr Beschäftigung für die nächste rote Ampel geben.

Irgendwie kommt mir dieses Szenario bekannt vor.

Aber nicht nur in Autos ist die Menschheit so hemmungslos. Auch in den eigenen vier Wänden kriegt man Abenteuerliches zu sehen. Haben Sie mal Ihren eigenen Ehemann in Unterwäsche vor dem Spiegel beobachtet? Natürlich darf er es nicht wissen.

Robert war neulich in seinem Element. Während ich rein zufällig durch den Türspalt schaute, ließ mein Mann imaginäre Bizeps spielen, zog den Bauch ein, übte sich in verschiedenen Gesichtsausdrücken und murmelte die ganze Zeit vor sich hin. Kurz nachdem er die Siegerpose von König Artus eingenommen hatte (oder sollte es James Bond gewesen sein?), betrat ich den Raum, und er tat so, als ob er auf der Suche nach einer zweiten Socke wäre. Ein Grinsen konnte ich mir gerade noch verkneifen. Also wirklich!

Doch mein Grinsen sollte mir wenig später vergehen, denn auch ich neige offensichtlich dazu, mich unbeobachtet zu fühlen. Das erzählte mir meine Tochter letzte Woche.

»Mama«, sagte sie. »Was hast du da eigentlich gestern Abend in der Küche gemacht?«

»Gekocht«, antwortete ich trocken, denn was tut man denn sonst in Küchen?

»Aber du hast so merkwürdig in einen Kochlöffel gesungen«, fuhr sie fort und grinste übers ganze Gesicht.

Da lief ich etwas rot an, denn mir dämmerte, was dieses indiskrete Kind beobachtet hatte, während ich mich in Sicherheit wiegte.

Ich hatte darauf gewartet, dass das Nudelwasser kochte, und im Radio lief plötzlich eines meiner Lieblingslieder aus den Achtzigern: »Girls just wonna have fun!«

Und da gab es kein Halten mehr. Während meine Hüften im Takt zuckten, schrie ich den Schmerz meiner verlorenen Jugend in den Kochlöffel, der natürlich ein Mikrophon darstellen sollte. »Ooooh, girl just wonna have fu-un ...«

Den Text kenne ich immer noch auswendig. Ist ja auch wahr. So ein bisschen Spaß wollen wir Girls doch immer haben – egal, wie alt wir sind. Und wenn es nur bedeutet, durch die Küche zu springen und zwischen Nudelwasser und Kinderbaden kurz mal ein Popstar zu sein.

Man sollte nur ganz sicher sein, dass einen wirklich keiner beobachtet ...

30

Wenn Kinder sich für Technik interessieren

Dass Kinder viel fragen, ist ja normal. »Was ist das für ein Tier?« – »Warum ist es nachts dunkel?« – »Wieso kaufst du mir kein Eis?« Alles klar, darauf findet man immer Antworten. Aber wenn man Kinder hat, die sich für Technik, Feuerwehren, Magentätigkeiten, Herzfrequenzen und Weltraumsonden interessieren, dann kommt man ins Schleudern, wenn man nicht gerade bei der NASA arbeitet oder wenigstens ein Studium der Luft- und Raumfahrt und ein weiteres der Medizin absolviert hat. Ich habe weder das eine noch das andere zu bieten und deswegen kam ich neulich in arge Bedrängnis. Nachdenklich stand Samuel vor dem Kühlschrank und murmelte: »Wer schaltet da drin eigentlich das Licht aus, wenn die Tür zu ist?«

»Ähem«, machte ich, denn es war sechs Uhr früh und alles, was mich interessierte, war eine Tasse Kaffee.

»Na, wer denn nun?«, fragte Samuel putzmunter. »Und wieso ist es hinter dem Kühlschrank warm, wo es doch drinnen kalt ist? Maammaaaaaaaa!«

Das sind die Morgen, die schwer auszuhalten sind.

»Nimm es, wie es kommt«, krächzte ich ausweichend und stellte die Kaffeemaschine an.

»Und wie funktioniert diese Maschine?«, wollte Samuel wissen und starrte auf die Tropfen, die gerade schwarz und duftend in die Kanne fielen. Darüber hatte ich mir in meinem ganzen Leben noch keine Gedanken gemacht. Hauptsache, der Kaffee war heiß. Aber nun, morgens um sechs, schlug das Schicksal mir meine Ignoranz um die Ohren. »Wie kommt das Wasser da hoch und als Kaffee wieder runter?«, rief Samuel ungehalten, denn von seiner schläfrigen, mundfaulen Mutter hatte er jetzt offenbar genug.

»Nun«, sagte ich verunsichert. »Man tut Kaffeepulver in diesen Filter hier und dann …«

»Und dann …?« Samuel hing an meinen Lippen.

»Dann«, fuhr ich fort. »Dann … drückt man auf den Knopf.«

»Jaaaa doooch«, kreischte Samuel verzweifelt. »Aber was passiert, wenn man den Knopf gedrückt hat? Was geschieht dann im Inneren dieser Maschine?«

»Dann fließt Strom«, murmelte ich schuldbewusst.

»In den Kaffee?«, wollte mein Sohn beeindruckt erfahren.

»Gewissermaßen«, sagte ich räuspernd. Ich brauchte jetzt dringend einen Schluck davon. »Der Strom …«, fuhr ich langsam fort, »fließt in die Maschine, erhitzt das Wasser und lässt es in den Kaffeefilter tropfen …« Das war doch gar nicht so übel. Fragend blickte ich Samuel an. Ob er jetzt Ruhe geben würde?

»Hm«, machte er nachdenklich. »Und wie funktioniert dann der Kühlschrank? Kann Strom Dinge auch kalt machen, statt warm? Und wie wird überhaupt das Haus geheizt und woher kommt der ganze Strom?«

Ich brach auf dem Küchenstuhl zusammen. Vertraulich rückte Samuel nah an mich heran. »Und was ich schon immer wissen wollte, wie funktioniert eigentlich ein Föhn?«

Mit geschlossenen Augen nahm ich einen Schluck Kaffee. »Ich werde mich erkundigen, Samuel«, versprach ich, denn sollte ich dem Kind gestehen, dass ich überhaupt keine Ahnung hatte, wie ein Fön funktioniert? Und die Sache mit dem Strom ist mir auch nie so ganz klar geworden. Es wird in einem Kraftwerk hergestellt, oder? Aber wie eigentlich? Und dann gibt es noch Solarenergie.

Vielleicht sollte ich ein wenig an meiner Allgemeinbildung arbeiten? Nachdenklich rührte ich in meiner Tasse, sah darin einen kleinen Strudel entstehen und schloss schnell wieder die Augen, um mir nicht auch noch Gedanken darüber zu machen, warum sich durch die schnelle Drehbewegung des Löffels eine trichterförmige Vertiefung im Milchkaffee gebildet hatte ... Das war einfach alles zu viel für mich an diesem frühen Morgen. Als dann auch noch Klein-Max um die Ecke bog und statt »Guten Morgen« zu sagen vor sich murmelte: »Wenn ich bloß wüsste, wie die Ritter in ihren Rüstungen früher aufs Klo gegangen sind, wenn sie mal dringend mussten ...«, begann ich vor Verzweiflung laut zu lachen, denn auch das konnte ich nicht beantworten.

Wenig später waren die Kinder im Kindergarten, und ich ging schnurstracks in eine Buchhandlung, um mich dort mit kindgerechten Nachschlagewerken einzudecken. Inzwischen ist Familie Wekwerth um einiges schlauer als zuvor. Samuel weiß (und ich weiß es jetzt auch!), wie Trinkwasser in einem Wasserwerk gereinigt wird, wie eine Klospülung funktioniert und wie eine Waschmaschine von innen aussieht. Mäxchen hat erfahren, wie Zugbrücken gebaut werden und mit welchen Geräten ein Feuerwehrmann ausgerüstet ist. Und wir sind nun auch ganz sicher, dass nicht ein kleiner Kobold das Licht im Kühlschrank an- und ausknipst, sondern dass es dort einen Lichtschalter gibt, auf den die Kühlschranktür beim Zufallen drückt. Schade eigentlich, ein Kobold wäre netter gewesen.

Hier meine dringende Empfehlung, die ich allen Frage-gestressten Eltern ans Herz legen möchte: Kaufen Sie nur recht viele Sachbücher für Kinder.

Allerdings: Wie die Ritter in ihren Rüstungen Pipi gemacht haben, das steht da leider auch nicht drin!

31

Ich mag keinen Vorführ-Effekt

Kennen Sie ihn – diesen listigen, unberechenbaren Vorführ-Effekt? Er zeigt sich bei allen möglichen Gelegenheiten …

Zum Beispiel, wenn man den Handwerker kommen lässt, weil die Spülmaschine seit Tagen nur müde knurrt, wenn sie randvoll mit schmutzigem Geschirr gefüllt ist. Ich habe alles versucht: sie gestreichelt und beschimpft, den Stecker gezogen und wieder reingesteckt, sie mit einer Extra-Portion Entkalker-Salz bestochen, aber nichts hat geholfen.

Nun steht ein netter Herr im Overall in meiner Küche und wirft einen strengen Blick auf die unwillige Maschine. Er drückt auf ihre Knöpfe. »Ha!«, rufe ich belustigt. »Das hilft nichts, das habe ich auch schon alles probiert.«

In diesem Moment ertönt ein sprudelndes Geräusch, und munter beginnt die Spülmaschine das zu tun, was sie am besten kann: Geschirr spülen, als wäre nie etwas gewesen. »Was ist das?«, frage ich verdutzt.

Mitleidig sieht mich der Mann an. »Ich muss Ihnen leider fünfzig Euro für die Anfahrt berechnen«, sagt er. So teuer kann der Vorführeffekt sein!

»Miststück!«, zische ich die Maschine an, als der Overall-Mann gegangen ist, doch sie tut, als hätte sie nichts gehört und rauscht geschäftig.

Nicht nur bei Maschinen kann man den Vorführeffekt beobachten. Auch bei Kindern tritt er häufig auf. Wir sind bei Tante Berta zu Besuch. Auf ihrem Sofa drängen sich weitere Familienmitglieder, unter anderem meine Schwägerin Rita, die ich nicht so besonders gut leiden kann. Einen umso besseren Eindruck sollen meine Kinder an diesem Nachmittag machen. Und – Sie ahnen es bereits: Der Vorführeffekt lauert bereits hinter der Tür.

»Sagt brav guten Tag«, habe ich noch im Hausflur gezischt, bevor wir die Wohnung betreten, und dann eilt Tante Berta auch schon auf uns zu. Missmutig reicht ihr Mäxchen seine linke Hand.

»Wo ist das schöne Händchen?«, will Tante Berta wissen, und ich sehe, dass meine Schwägerin bereits einen langen Hals macht.

»Beide Händchen sind gleich schön«, knurrt Mäxchen, drückt ihr seinen Anorak ins Gesicht und marschiert ins Wohnzimmer.

Bei drei Kindern ist die Wahrscheinlichkeit, dass irgendeines von ihnen sich nicht besonders gut benimmt, erschreckend groß. Dass es an diesem Tag aber ausgerechnet Robert ist, bei dem der Vorführeffekt seine volle Wirkung entfaltet, hätte ich nicht gedacht.

Natürlich möchte ich im Kreise der Familie (und vor allem im Beisein von Rita) gerne demonstrieren, was für eine überaus harmonische und liebevolle Ehe ich mit meinem Robert führe. Denn das tue ich ja wirklich. Meistens jedenfalls …

Lächelnd greife ich also nach seiner Hand und werfe einen zufriedenen Blick auf unsere friedlich Kuchen essende Kinderschar.

»Kannst du mich bitte wieder loslassen?«, sagt Robert in diesem Moment, und ich sehe, wie sich Ritas Kopf blitzschnell in unsere Richtung dreht. Robert zieht an seiner Hand, in der sich, das hatte ich nicht bemerkt, eine Kuchengabel befindet. Offensichtlich hindere ich ihn am Essen. Aber hätte er das nicht etwas gefühlvoller formulieren können? »Bitte sehr«, murmele ich errötend. Rita grinst.

»Ich laufe dir schon nicht weg«, kichert Robert und stopft sich Kirschkuchen in den Mund. Rita lacht laut heraus. Sehr witzig, denke ich wütend. Was ist denn mit dem los? »Versuchst du lustig zu sein?«, zische ich ihn an. »Nein«, kichert er kauend.

»Ich versuche bloß zu essen.« Rita windet sich vor lauter Spaß. Merkt denn mein Mann gar nicht, was hier gespielt wird? Ich möchte allen bloß zeigen, wie glücklich wir miteinander sind, und er macht mich lächerlich.

»Wie süß«, spottet Rita. »Die beiden halten immer noch Händchen, wie am ersten Tag.«

»Ja«, rufe ich. »Das tun wir auch. Jeden Tag.«

»Wenn ich nicht gerade Kuchen esse«, fällt mir Robert ins Wort, und Rita bekommt einen Lachkrampf. Am liebsten möchte ich ihm meinen Teller auf den Kopf hauen, damit er endlich still ist. Aber das würde Rita allzu sehr erfreuen. Eine Wekwerth-Ehekrise, live und in Farbe, gönne ich ihr einfach nicht.

Deswegen schlucke ich meine Wut herunter und versuche auch zu lachen. Aber nicht lange, denn Robert, offensichtlich angestachelt von Ritas Heiterkeitsausbrüchen, sagt gerade: »Tanja ist eben ein Klammertyp.«

Also, das ist jetzt aber wirklich der Gipfel! So eine Unverschämtheit vom eigenen Mann muss man sich nicht anhören. Ich lasse alle weiteren Versuche, den Anwesenden eine Kostprobe meiner perfekten Eheführung zu demonstrieren, sausen und sage meinem Mann etwas Unhöfliches.

Leider haben es alle gehört. Auch, was Samuel soeben in die peinliche Stille ruft, ist deutlich hörbar: »Der Kuchen schmeckt nicht!«, kräht er. »Stimmt«, bestätigt Max. Dann sind wir bald nach Hause gegangen, denn mehr Vorführeffekt hätten wir einfach nicht verkraftet …

32

Ein Essen für schwierige Gäste

Ich koche eigentlich sehr gerne! Während ich ein erstes Gläschen Rotwein schlürfe, bruzzelt ein Chili con Carne in der Pfanne …

Aus dem Radio erklingen Salsa-Klänge, und ich fühle mich sehr südamerikanisch. Oder chinesisch oder eben deutsch, je nachdem, was ich gerade zubereite. Auf jeden Fall hat mir das Kochen bis jetzt immer viel Spaß gemacht.

So ganz uneingeschränkt ist dieser Spaß seit letztem Sonnabend jedoch nicht mehr. Schuld daran sind die Cousinen meines liebsten Ehemannes Robert.

»Und vergiss nicht«, sagte Nadja am Telefon, kurz nachdem ich die Essens-Einladung ausgesprochen hatte. »Ich bin Vegetarierin. Ich esse nichts, was Augen hat.«

»Haha«, machte ich müde, denn soeben musste ich gedanklich das Hühnergericht in Kokosnuss-Soße streichen. Ein Huhn hat Augen. Sehr viele leckere Dinge haben Augen. »Nun«, dachte ich wacker, »dann mache ich eben Rahmgemüse mit Reis«, und ich griff ein zweites Mal zum Hörer, um die andere Cousine einzuladen, die mich wissen ließ, dass sie eine Milchallergie habe, aber sonst wirklich alles esse, nur eben nichts mit Milch.

»Und Tofu mag ich auch nicht besonders, aber sonst esse ich wirklich aaaaalles«, versprach sie.

Was nun? Bevor sie auflegte, sagte sie noch: »Ach ja. Und Reis schmeckt mir auch nicht. Aber sonst …«

»Ja, ja«, unterbrach ich sie. »Sonst isst du wirklich alles.«

»Genau«, rief sie und legte auf.

Ich fasste zusammen: kein Fleisch, keine Milch, keinen Reis und kein Tofu. »Zu Hilfe«, dachte ich.

Jeder Koch würde jetzt seine Mütze schmeißen. Doch plötzlich hatte ich eine Idee: Fisch! Viele Vegetarier essen Fisch.

»Haben Fische Augen?«, fragte mich Nadja pikiert, nachdem ich sie wieder angerufen hatte.

»Ja«, gab ich kleinlaut zu.

»Und darum esse ich sie nicht.«

Betroffen schwieg ich in den Hörer. »Wenigstens Krabben?«, hörte ich mich nach einer Weile fragen.

»Mach doch was Leckeres mit Tofu«, antwortete sie ungeduldig. »Es gibt doch so viele Alternativen zu Fleisch. Oder ein Reisgericht. Aber bitte nicht zu viel Rohkost, das bekommt mir nicht so gut. Davon bekomme ich Blähungen, du verstehst … haha!«

»Haha«, machte ich lahm, denn mein Entschluss, einen bunten Salat vorzubereiten, war soeben gescheitert. Salat hat zwar keine Augen, aber er besteht zu hundert Prozent aus Rohkost, und ich wollte Nadja Blähungen ersparen. Die Sache gestaltete sich zunehmend schwierig.

»Koch du doch für deine neurotischen Cousinen«, meckerte ich Robert an, der gerade freundlich um die Ecke kam.

»Was ist denn mit dir los?«, wollte er wissen.

»Ich bin überfordert!«, rief ich wütend. »Kennst du ein Tier, das keine Augen hat?«

»Ein Regenwurm?«, fragte Robert arglos, denn er wusste ja nicht, um was es ging. Da musste ich lachen. »Dann gibt es am Sonnabend frittierte Regenwürmer mit Kartoffeln«, schlug ich prustend vor.

Robert sah mich entsetzt an, und dann erzählte ich ihm von der hochkomplizierten Abendgesellschaft, die wir uns eingebrockt hatten. Das Telefon klingelte wieder.

»Ich bin's noch mal«, sagte Nadja. »Darf ich meinen neuen Freund mitbringen?«

»Klar«, antwortete ich zögerlich. »Hat er denn bestimmte Vorlieben?«

Nadja kicherte verschämt. »Na ja. Er mag es gerne, wenn ich ihm … Aber das erzähle ich dir lieber mal in Ruhe.«

»Ich meine beim Essen«, rief ich streng.

»Ach so, er hat eine Weißmehlallergie, sonst nichts!«

Damit starb meine allerletzte Hoffnung, nämlich alle mit knusprigen Bruschetta-Broten satt zu bekommen.

»Ich koche«, rief Robert mannhaft, und ich übergab ihm nur zu gern den Kochlöffel.

Der Sonnabend-Abend kam und mit ihm unsere drei mäkeligen Gäste. Ich war sehr gespannt, was mein liebster Ehemann gezaubert hatte. Es gab Bratkartoffeln mit Rührei und grünen Bohnen, die so lange gekocht hatten, dass sie ganz grau geworden waren. So würden sie wenigstens keine Blähungen verursachen. Dass sie ein wenig wie Regenwürmer aussahen, behielt ich für mich. Zum Nachtisch gab es Obstsalat. Kein kulinarischer Hochgenuss das Ganze, aber wer Allergiker, Vegetarier, Blähbäuche und Suppenkasper einlädt, der hat es nicht leicht.

Suppe! Eine Suppe hätte man noch kochen können. Ohne Sahne …

Zu spät! Ein Gutes hat dieser merkwürdige Abend ja doch gehabt. Nachdem die Gäste fort waren, bestellten Robert und ich noch schnell unsere Lieblings-Pizza beim Lieferservice, und mir kam die Idee, eines Tages mal ein »Kochbuch für Miesepeter« zu schreiben. Das wird bestimmt ein Bestseller!

33

Weihnachten mit der Schwiegermutter

Letztes Weihnachten sollte es bei uns ganz traditionell Gans geben. Das fand jedenfalls meine Schwiegermutter …

»Hast du Beifußstiele in das Innere der Gans gelegt?«, fragte sie zur Begrüßung.

»Nein«, antwortete ich, denn die Gans schlummerte noch im Kühlschrank.

»Dann machen wir eine Füllung«, rief sie und eilte in die Küche. »Weich drei Brötchen ein, hack Herz und Leber!«

»Iiiiih!«, schrie Sanne entsetzt. »Das ist ja wie bei Schneewittchen!«

Kritisch begutachtete die Schwiegermutter die Gans und holte einen Bräter hervor.

»Die arme Gans«, wimmerte Samuel. »Sie sieht so nackt und hässlich aus.«

»Die musst du nachher essen«, stänkerte Sanne. »Gar nicht«, brüllte Samuel. »Und ich auch nicht«, schrie Max.

»Würden die Kinder bitte die Küche verlassen und ihr Gedicht noch einmal lernen«, rief die Schwiegermutter in den Tumult.

»Was für 'n Gedicht denn?«, fragte Sanne und piekte mit dem Zeigefinger in das tote Geflügel.

Vorwurfsvoll blickte mich meine Schwiegermutter an.

»Na, das mit dem Christkind im Garten«, rief ich hektisch. Während die Gans von der Schwiegermutter in den Bräter gestopft wurde, was die Jungs entsetzt beobachteten, holte Sanne ein zerknittertes Papier hervor. »Ich gehe still durch des Christkinds Garten, im Herzen regt sich süß Erwarten. Ist schon die Erde so reich bedacht, was hat es mir da wohl mitgebracht?«, leierte sie herunter wie ein Roboter. »Auswendig muss das gehen«, meckerte die Schwiegermutter, und an mich gewandt meckerte sie gleich weiter: »Nun hack doch endlich Petersilie und das Herz und die Leber.«

»Iiiiih«, schrie Sanne wieder.

»Die arme, arme Gans«, sorgte sich Samuel. »Wie ist sie denn gestorben?«

»Das ist eine Weihnachtsgans«, versuchte ich ihm zu erklären. »Sie wurde eigens für die Weihnachtsfeier geschlachtet.«

»Wie gemein«, kreischte Samuel. »Sie hatte sich bestimmt schon auf Weihnachten gefreut!«

»Jetzt ist Schluss!«, rief die Schwiegermutter genervt. »In vier Stunden kommt der Besuch, bis dahin muss alles fertig sein!«

Ehrlich gesagt hatte ich keine große Lust, die Innereien dieses gerupften Vogels zu zerhacken. Also plädierte ich für die Beifußstängel und erklärte mich bereit, Kartoffeln zu schälen.

»Ich gehe still durch den Garten vom Christkind und bin ganz aufgeregt«, versuchte Sanne zu dichten. »Im Herzen regt sich süß Erwarten«, verbesserte ich. Und in diesem Moment war auch endlich die mit Salz und Pfeffer eingeriebene Gans im Ofen verschwunden und dem Blickfeld der sensiblen Kinder entzogen.

»Wieso süß?«, fragte Sanne.

»Wo ist Stärkemehl?«, fragte die Schwiegermutter.

»Wieso isst man zu Weihnachten überhaupt Gans?«, wollte Samuel wissen, der trauernd vor der Ofentür hockte und durch die Scheibe beobachtete, wie das Wasser im Bräter zu kochen begann.

»Wieso? Wo? Wieso?«, wiederholte ich nervös, denn all diese Fragen waren mir zu viel. »Wie die Gans wohl hieß?«, fragte sich Max und warf seinerseits einen betrübten Blick in den Ofen. Verbissen zerschnippelte die Schwiegermutter eine Zwiebel.

»Und jetzt machen wir die Füllung«, rief sie.

Kekse

»Oma will das Gänseherz zerhacken!«, kreischte Samuel panisch. »Und die Gans hieß Daisy«, rief Max unter Tränen.

»Ist ja gut!«, rief die Schwiegermutter entnervt, und Sanne schmetterte: »Ist schon die Erde so reich bedacht, was ... was ... kriege ich dann wohl geschenkt? Hä? Das reimt sich ja gar nicht, das blöde Gedicht.«

»Jetzt muss die Gans begossen werden«, murmelte die Schwiegermutter und öffnete die Ofentür. »Arme Daisy, das ist doch viel zu heiß«, protestierte Max.

Seufzend, mit der Suppenkelle in der Hand, sah mich die Schwiegermutter müde an: »Weißt du, Tanja, die Kinder sollten wirklich am besten aus der Küche raus.«

»Wir bleiben hier«, widersprach Sanne und verdrehte die Augen auf theatralische Weise. »Ich gehe mit süßem Erwarten durch den Garten. Na also, jetzt reimt es sich ja doch!«

Nach zwei Stunden konnte Sanne ihr Gedicht immer noch nicht, dafür war Daisy golden gebräunt und verströmte einen köstlichen Geruch.

»Das sieht doch lecker aus, was, Jungs?«, rief die Schwiegermutter zufrieden. »Nur schade, dass wir keine Füllung gemacht haben.«

»Daisy essen wir trotzdem nicht«, protestierten Max und Samuel solidarisch.

Daraufhin hielt mir meine Schwiegermutter einen längeren Vortrag über Kindererziehung und wie es früher gewesen war. »Aber heute ist alles anders«, erwiderte ich ungehalten. »Und meine Kinder dürfen essen, was ihnen schmeckt!« Da hätten wir uns beinahe am Heiligen Abend gestritten, wenn nicht Sanne in diesem Augenblick gedichtet hätte: »Daisy hieß die Weihnachtsgans, mit dem süßen, weißen Schwanz. Sie hatte sich verloofen und landete im Ofen!«

In diesem Jahr gibt es bei uns keinen Gänsebraten. Wir kochen uns ein thailändisches Reisgericht mit Kokosnuss-Soße. Dafür muss keine Daisy dran glauben, und ich schone unser aller Nerven.

34

Die Sache mit den guten Vorsätzen …

Man soll sich ja bekanntlich kleine Ziele setzen. Dann läuft das ganze Leben plötzlich auf Erfolgskurs …

Statt an flambierte Crêpes Suzette, sollte man sich vielleicht erst einmal an schlichte Eierkuchen wagen. Und auch nicht gleich den Berlin-Marathon mitlaufen, sondern vorher prüfen, ob man es überhaupt um den Ententeich im Stadtpark schafft. Und damit bin ich beim leidigen Thema »Sport« gelandet.

»Wenn du nicht den Fahrstuhl nimmst, sondern die Hintertreppe, dann tust du dir wirklich etwas Gutes«, sporne ich mich im Kaufhaus an und beginne meinen tütenbeladenen Aufstieg in den vierten Stock.

Im zweiten Stockwerk bemerke ich, dass ich überhaupt keine Lust auf noch mehr Stufen verspüre, und kurzerhand steckte ich mein Ziel ein wenig niedriger.

»Dritter Stock«, höre ich mich kompromissbereit keuchen, komme kurz darauf dort an und bin ungemein stolz auf mich. Dass ich dort (Herrenabteilung) eine Viertelstunde zwischen Socken und Hosenträgern herumirre, auf der Suche nach der Rolltreppe, stört mich weniger.

In einem weiteren Anfall von sportlicher Selbstüberschätzung nehme ich mir vor, jeden Morgen eine halbe Stunde zu joggen. Diesen Vorsatz habe ich allerdings spät abends im wohlig warmen Bett gefasst, nach einem ausgiebigen Abendessen und drei Gläsern Wein.

Als am nächsten Morgen der Wecker eine halbe Stunde früher klingelt, blinzele ich verstört in die Finsternis, haue auf das klingelnde Etwas und schlafe weiter.

Später schäme ich mich. »Also los«, sage ich mir, »nur ein halbes Stündchen«, und schon bin ich auf dem Weg. Zügigen Schrittes erreiche ich den Park (bereits etwas aus der Puste gekommen) und beginne zu laufen. »Prima«, sage ich mir, »so schwer ist das doch nicht.« Im Grunde meines Herzens bin ich ein sportlicher Typ, das ist mir bisher nur noch nicht aufgefallen. Federnd setzen meine Füße auf, mein Haar flattert in der kühlen Morgenluft, ich fühle mich großartig. Sauerstoff flutet durch jede Zelle meines Körpers. Ein verstohlener Blick auf die Uhr verrät mir, dass ich bereits ... dreieinhalb Minuten unterwegs bin.

Was? Das kann nicht sein. Es kommt mir vor wie eine Dreiviertelstunde. Nicht mehr ganz so federnd trete ich auf.

»Bis da hinten schaffst du es noch«, feuere ich mich an und steuere schwer atmend einen kleinen Kiosk an. Na also, den hätte ich erreicht.

Ein erstes Erfolgserlebnis. Bevor ich mir einen heißen Kakao bestellen kann, muss ich mich erst mal sammeln.

»Na?«, grinst mich der Verkäufer an. »Die wievielte Runde laufen Sie gerade?«

»Och«, mache ich und wische mir den Schweiß aus der Stirn. »Ich habe nicht mitgezählt.«

Während ich den Kakao schlürfe und wieder zu Kräften komme, beschließe ich, meine Laufzeit von dreißig Minuten (wie bin ich nur darauf gekommen?) auf zehn Minuten herabzusetzen. Das genügt fürs Erste, und ich kann mich ja steigern. Wenn ich will.

Und jeden Tag joggen ist ja auch eigentlich wahnsinnig. Würde nicht einmal in der Woche vollkommen ausreichend sein?

An diesem Morgen trotte ich also noch bis in die Mitte des Parks und beobachte dort eine Zeit lang eine nette Entenfamilie. Dann gehe ich nach Hause frühstücken und erhole mich von diesem aufreibenden Vormittag.

Aber: Ich war joggen. Das ist es, was zählt. Und ich habe sogar einen Zeugen: den Verkäufer aus dem Kiosk. Am nächsten

Tag brauche ich mir die Strapazen nicht noch einmal anzutun, denn einmal wöchentlich Sport zu treiben, das ist auch bisher mein Ziel, was ich konsequent durchgezogen habe.

Sieben Tage später ist allerdings wieder Dienstag. Wie schnell die Zeit vergangen ist. Ich beschließe, nicht ganz so früh aufzustehen, wozu auch? Und dann kommt mir eine Menge Wichtiges dazwischen …

Ich bin eine viel beschäftigte Frau! Ich habe schließlich noch andere Dinge zu tun, ich habe drei Kinder, ich habe … Termine … und keine große Lust, um den kahlen Ententeich zu rasen.

Darf man bereits heruntergesteckte Ziele noch tiefer setzen? Klar darf man. Hauptsache, man erreicht überhaupt irgendwas.

Also beschließe ich am Ende der Woche, einen Spaziergang im Park zu machen und mit den Kindern die Enten zu füttern. So haben wir alle was davon.

Neulich traf ich eine alte Klassenkameradin wieder. Sie sah sehr gut aus, sportlich und durchtrainiert.

»Pilates«, erwiderte sie auf mein Kompliment, als wäre das die Zauberformel. »Ich will auch so aussehen«, schoss es durch meinen Kopf, und ich beschloss, mich für einen Pilates-Gymnastikkurs anzumelden. Gleich morgen. Oder übermorgen, denn erst mal muss ich meine versäumten Runden um den Teich aufholen.

Und dann muss ich noch diese Geschichte abschicken. Aber dann …

35

Mein Mann und der Weihnachtsbaum

Mein liebster Ehemann Robert ist ein großer Weihnachtsfan. Was man von mir leider nicht behaupten kann. Doch eine harmonische Ehe lebt von Kompromissen …

Und deswegen sagte ich auch nichts, als Robert im letzten Jahr, einen Strauß wippender Tannenzweige vor sich hertragend, nach Hause kam. »Es gibt an der Stadtgrenze ein Wäldchen, in dem man sich seinen Weihnachtsbaum selbst schlagen kann!«, keuchte er, die Augen voller Vorweihnachtsglanz. Und ich glaubte, seine Stimme vor Begeisterung kurz kippen zu hören.

»Das kostet nicht viel«, informierte er mich, und dann brüllte er in die Wohnung: »Kinder! Stiefel an! Wir fahren in den Wald und hacken unseren Weihnachtsbaum ab!«

»Robert«, sagte ich schnell, mit Blick auf den dämmerigen Nachmittag vor den Fenstern. »Wir können doch einen an der Ecke kaufen.«

Doch Robert und die Kinder waren schon weihnachtsselig die Treppen nach unten in den Keller gestürmt, um die Axt zu suchen. »Komm!«, kreischten die Jungs, und wenig später saß ich recht unmotiviert im Auto neben Robert, der »Jingle Bells« trällerte und bei dem gerade irgendein männliches »Baumabhack«-Gen pulsierte, gegen das ich mit sachlichen Argumenten nichts tun konnte.

»Warum den weiten Weg fahren, wenn wir im Blumenladen gegenüber die schönsten kleinen Tannenbäume bekommen

können?«, versuchte ich es ein letztes Mal, doch Robert riss gerade singend das Steuer nach links und raste wie der Weihnachtsmann persönlich über die Autobahn.

»Jingle all the way ...«, sang er gnadenlos weiter, dann ging ihm allerdings der Text aus. Kurz darauf standen wir im Stau. »Wollen die auch alle einen Tannenbaum abhacken?«, fragte Samuel nervös.

»Genau«, antwortete ich. »Und deswegen können wir auch gleich wieder umkehren.«

Mit bösen Blicken und Entsetzensschreien wurde ich überschüttet, dann sagte ich eine Weile gar nichts mehr. Robert hatte für die Kinder eine Kassette eingelegt, und ich verfolgte unfreiwillig die Abenteuer eines Rentieres mit roter Nase, das auf den Namen Rudolf hörte und mich mörderisch langweilte. Endlich löste sich der Stau auf, Robert summte wieder »Jingle Bells«, und wir erreichten tatsächlich einen kleinen, eingezäunten Tannenwald, in dem bereits einige Väter (alle Opfer des bereits weiter vorn angesprochenen, männlichen Gens) mit ihren Kindern herumschlichen, auf der Suche nach dem schönsten Baum. Die Tannen waren alle nicht besonders schön, eher klein und schief. »So sind sie bei Mutter Natur eben gewachsen«, erwiderte Robert milde lächelnd auf meine Kritik, und ich verdrehte die Augen. Außerdem war mir kalt.

»Warum nehmen wir nicht diesen hier?«, schlug ich zähneklappernd vor und zeigte auf den nächstbesten Baum.

»Wir sehen uns jetzt erst mal alle Bäume an, nicht wahr, Kinder?«, sagte Robert und schulterte seine Axt. In diesem Moment begann es zu schneien. Da stand ich also: frierend im Wald, am Rande der Stadt und des Nervenzusammenbruchs, umringt von lauter weihnachtswütigen Axtträgern. Und Hunger hatte ich auch. »Dieser hier ist recht gerade, dafür etwas zu dünn«, hörte ich Robert sagen. »Und dieser ist zu breit, dafür ist dieser ...«

Verzweifelt blickte ich mich nach einem Kiosk um. Ein Glas Glühwein wäre genau das Richtige, aber weit und breit gab es nur Tannen, summende Autobahnen und die hereinbrechende Dunkelheit. Seufzend verzog ich mich ins Auto und harrte zum

Wohle meiner Ehe kompromissbereit der Dinge. Nach zehn Minuten war allerdings Schluss damit. Schlotternd stieg ich wieder aus, humpelte auf tauben Füßen durch knirschenden Schnee und brüllte in den Tannenwald: »Wir fahren jetzt nach Hause!«

Einige Axthiebe waren zu hören, Kindergekicher, dann schleppte sich ein erhitzter, siegreicher Robert aus der Finsternis, auf dem Rücken eine krumme Tanne und das stolze Mäxchen. Hinter ihm gingen Sanne und Samuel und halfen eifrig beim Tragen. Ihre Gesichter leuchteten, während Robert an der Kasse bezahlte, und sie leuchteten immer noch, während wir das verkrüppelte Tannengewächs im Auto verstauten.

Ihre Gesichter leuchteten auf der gesamten Rückfahrt im Auto und hörten auch nicht auf, als der selbst geschlagene Baum, der inzwischen den originellen Namen »Tanni« erhalten hatte, endlich im Wohnzimmer stand. Krumm und schief, mit zwei Spitzen.

»Das ist doch prima«, sagte Sanne verträumt, »dann können wir Tanni zwei Sterne aufsetzen.« Und weil die Kinder und Robert so glücklich und zufrieden aussahen, sagte ich nichts.

»Ich habe meine Axt vergessen!«, rief Robert auf einmal erschrocken.

»Macht nichts«, tröstete ich ihn. »Ich schenk dir eine neue zu Weihnachten.« Und das habe ich dann auch getan. In diesem Jahr gehen wir »Tanni 2« schlagen. Vielleicht treffen wir uns in dem kleinen Waldstück an der Autobahn bei Berlin? Und falls nicht, wünsche ich Ihnen schon einmal auf diesem Weg: Fröhliche Weihnachten!

36

Bin ich sinnlich-verführerisch?

Manchmal ist das Leben schwer. Und manchmal macht man es sich aber auch selber schwer. Denn es gibt Situationen, in denen man zu viel denkt. Und andere, da denkt man zu wenig …

Aber wie macht man es richtig? Das kann ich Ihnen leider auch nicht so genau sagen, aber eine Geschichte habe ich darüber geschrieben!

Ich stehe in einer Parfümerie und besprühe mich mit dem neuesten Duft. »Sinnlich-verführerisch«, steht auf der Verpackung, und ich fange hektisch an nachzudenken. Soll das bedeuten, dass man sinnlich-verführerisch wird, wenn man dieses Parfüm benutzt? Oder heißt es, dass man so zu sein hat, damit der Duft zu einem passt?

Konzentriert schnuppere ich an meinem Handgelenk. Bin ich ein sinnlich-verführerischer Typ? Ein Blick in den gegenüberliegenden Spiegel verrät mir, dass ich mit meiner roten Pudelmütze und dem geringelten Schal wohl eher ein »sportlich-unkomplizierter« Typ bin. Und dass mir nachdenkliche Falten auf der Stirn nicht stehen. Trotzdem rattert es weiter in meinem Kopf. Ist es nicht möglich, dass es gerade besonders reizvoll wäre, wenn eine Frau mit Pudelmütze sinnlich-verführerisch riecht, denn das eine schließt ja das andere nicht aus?

»Und?«, fragt eine Verkäuferin in weißem Kittel. »Nehmen Sie eine Flasche? Es ist eine Sonderaktion!«

»Es steht sinnlich-verführerisch auf der Packung«, stammele ich. »Das klingt nach üppigen Körperformen und langen, dunklen Haaren, und beides habe ich nicht.«

Irritiert starrt mich die Verkäuferin an. »Dann versuchen Sie doch mal das hier«, sagt sie und sprüht aus einer grünlichen Flasche etwas Parfüm auf einen Papierstreifen.

»Für die aktive, dynamische Dame.«

»Bin ich eine aktive, dynamische Dame?«, frage ich mich panisch. Bin ich überhaupt eine Dame? Skeptisch schnuppere ich am Papier. Es riecht nach Blümchen.

»Haben Sie nicht etwas, was zu einer schlecht organisierten Mutter von drei Kindern passt?«, möchte ich wissen, und mein Gegenüber schnauft genervt auf.

»Also ein leichter und dennoch warmer Duft?«, fragt sie und bemüht sich wohl gerade sehr, geduldig zu sein.

»Wenn Sie meinen«, antworte ich, denn mir wird das alles hier zu viel. Und dann kommt mir in den Sinn, dass ich trotz Ringelschal wahrscheinlich gar nicht so »sportlich-unkompliziert« bin, wie ich eben noch dachte. Dass sich tief unter meiner roten Pudelmütze in Wirklichkeit ein hoch anstrengender Charakter verbirgt. Und sportlich bin ich auch nicht besonders. Also doch »sinnlich-verführerisch«? Aber das traue ich mich nicht zu sagen.

Wenig später verlasse ich die Parfümerie, ohne etwas gekauft zu haben, und treffe auf der Straße meine Freundin Susanna.

»Na? Sieht man dich auch mal wieder?«, fragt sie und guckt so komisch. Sofort frage ich mich, wie sie das gemeint haben kann. Was soll das heißen: »auch mal wieder«?

Es ist ein Vorwurf, so viel ist mir klar, sonst würde sie nicht so merkwürdig dreinschauen. »Ich habe dich ja ewig nicht gesehen«, fährt sie fort und macht ein schiefes Gesicht.

Du liebe Güte, nun ist es aber gut, denke ich entnervt und überlege fieberhaft, warum sie so giftig zu mir ist und so verkniffen aussieht.

»Komme gerade vom Zahnarzt«, nuschelt sie gerade. »Deshalb ist mein Mund noch ganz schief.« »Aha«, denke ich erleichtert, »das erklärt ihren verzerrten Gesichtsausdruck.« Damit habe ich gar nichts zu tun. Aber warum wirft sie mir vor, dass ich mich nicht bei ihr gemeldet habe, denn das wollte sie doch eigentlich sagen.

»Du hast mir richtig gefehlt«, lächelt sie mich an.

»Ach, Susanna«, bricht es aus mir heraus, denn plötzlich schäme ich mich ganz fürchterlich. In diesem Moment erkenne ich, dass ich wohl gerade mal wieder dabei bin, viel zu viel nachzudenken, und ich erzähle ihr von meiner Unentschlossenheit in der Parfümerie und von der verführerischen Sinnlichkeit des neuen Parfüms, die mich an meinem Charakter zweifeln ließ.

»Gefällt dir der Duft?«, fragt Susanna. Darüber habe ich noch gar nicht nachgedacht, und das beunruhigt mich nun auch wieder sehr.

»Weißt du was?«, schlägt Susanna fröhlich vor, »wir gehen jetzt zusammen in die Parfümerie zurück und suchen das Passende für dich aus, und dann trinken wir einen Kaffee. Was meinst du?«

Wie konnte ich eben noch annehmen, dass sie mir einen Vorwurf machen wollte? Wie konnte ich so wenig Menschenkenntnis beweisen?

Gemeinsam sind wir dann noch den geeigneten Duft aussuchen gegangen, und hinterher haben wir gemütlich im Café gesessen und geplaudert. Es war übrigens das »sinnlich-verführerische« Parfüm, das wirklich ungemein gut zu mir gepasst hat.

Und auf den Rat einer Freundin kann man sich eigentlich immer verlassen, wenn man das nächste Mal vor lauter Nachdenken alles wieder so kompliziert macht, dass es unter der Pudelmütze qualmt.

37

Ein echt schwerer Start ins neue Jahr

Kaum hat das neue Jahr begonnen, sind sie auch schon wieder da: die Probleme aus dem alten Jahr …

Zum Beispiel brauche ich die erste Januarwoche immer dringend, um mich von all den idiotischen neuen Vorsätzen freizusprechen, die ich sektselig Silvester gefasst habe. Außerdem muss ich mich mit einer neuen Diät anfreunden, die mir dabei hilft, alle Pfunde wieder zu verlieren, die sich durch den maßlosen Verzehr von Dominosteinen, Lebkuchenherzen (am liebsten Vollmilch), Gänsebraten und Silvester-Pfannkuchen auf meinen Hüften breit gemacht haben.

Und ich muss mir überlegen, wie man das ein oder andere Weihnachtsgeschenk diskret wieder abstoßen könnte. Die Kuckucksuhr von Tante Berta zum Beispiel.

Nicht dass Sie jetzt glauben, ich hätte etwas gegen Kuckucksuhren. Aber nein! Ich finde sie ganz allerliebst und wie niedlich das Vögelchen zur vollen Stunde herauskommt und »Kuckuck!« schreit. Immer wieder eine entzückende Überraschung.

Ich schreibe das alles auch nicht nur, weil Tante Berta von mir ein Laura-Abonnement zu Weihnachten geschenkt bekommen hat und sie ab sofort meine Geschichten lesen wird.

Nein, liebe Tante Berta, so ist es wirklich nicht. Ich liebe diese Kuckucksuhr, nur leider habe ich gar keinen Platz mehr an den Wänden, und ich bin ein Ruhe liebender Mensch. Wenn bei mir zu Hause stündlich ein Vögelchen randaliert, werde ich nervös, und dann kann ich keine Kolumnen mehr schreiben, und das wäre doch schade, nicht wahr?

Ein weiteres Geschenk, das mir Kopfzerbrechen bereitet, ist von meiner Schwiegermutter. Es handelt sich hierbei um Bettwäsche. Um hellgrüne Bettwäsche mit blauen Blumen und niedlichen, kleinen Bienen.

Ich weiß nicht genau, auf was sie anspielt, aber ich mag am liebsten weiße Bettwäsche, darin kann ich besser träumen. Des Nachts von blauen Blumen und Insekten umsummt, komme ich mir vor wie die Biene Maja. Und Hellgrün passt nicht in unser Schlafzimmer.

Nun zerbreche ich mir seit Tagen den Kopf, wie ich der Schwiegermutter den Kassenbon für diese Albtraumbettwäsche abschwatzen kann, ohne sie zu kränken. Ich habe zwei Versionen erarbeitet.

Die erste lautet: »Bettwäsche kann man ab sofort von der Steuer absetzen, deshalb hätte ich gerne den Kassenzettel.« Die zweite wäre: »Deinem Sohn Robert gefallen die Bienen nicht!« Ihrem Sohn ist sie niemals böse, das einzige Problem daran ist, dass Robert die Bettwäsche richtig gut gefällt.

Ich werde also noch ein paar Januartage lang darüber nachdenken müssen oder die Bettwäsche ganz hinten im Schrank versenken. Dort, wo bereits die lila gestreiften Satinlaken und ein Ölgemälde mit einem traurigen Rehkitz liegen.

Gerade kommt mir eine Idee für die Kuckucksuhr! Liebe Tante Berta, nur so lange, bis ich den geeigneten Platz gefunden habe.

Am liebsten würde ich die Gedanken an eine Diät gleich mit verschwinden lassen, doch wacker beschließe ich, erst einmal ein amüsantes Diätbuch zu besorgen. Damit setze ich mich dann gemütlich mit den restlichen Spekulatius aufs Sofa und lese. Man muss sich ja auf so etwas vorbereiten, sonst hat man nur den berüchtigten Jo-Jo-Effekt.

Eigentlich muss man sogar lernen, sich so zu lieben, wie man ist. Diese Weisheit habe ich aus diesem tollen Selbsthilfebuch, das ich so interessant fand, dass ich der Schwiegermutter auch eins zu Weihnachten gekauft habe. In der heimlichen Hoffnung, sie würde, wenn sie sich selbst ein wenig mehr liebte, vielleicht ein wenig netter zu mir sein. Zu mir – so, wie ich tatsächlich bin. Jawohl.

Ich esse nun mal gern, und ich mache nun mal nicht gern Diäten. Und ich mag keine Bienen im Bett. So bin ich! Und so liebe ich mich.

Doch bevor ich weiterschreibe, fällt mir wieder ein, was ich mir in der Silvesternacht vorgenommen habe. Ich sagte ja bereits weiter oben, wie idiotisch diese Vorsätze immer sind. Und meiner lautete: »Keine Ausreden mehr in der ersten Woche des neuen Jahres!«, und dann hatte ich kichernd »Prost Neujahr!« gerufen und eine Knallerbse vom Balkon geworfen, um meine Entschlossenheit zu untermalen.

Sich selbst zu lieben ist keine Ausrede, denke ich jetzt, und dann fällt mir ein, was noch in dem Selbsthilfebuch gestanden hat: »Üben Sie sich in Gelassenheit. Ärgern Sie sich nicht zu häufig über Nebensächlichkeiten.« Wie wahr, wie weise.

In diesem Moment klingelt das Telefon. Es ist die Schwiegermutter.

»Du hast mir doch dieses Buch zu Weihnachten geschenkt«, murmelt sie. »Hast du zufällig noch den Kassenbon?« Ich muss grinsen. »Es ist nur ...«, fährt sie hastig fort, »dass hinten eine Seite zerknickt ist, und ich möchte es umtauschen.«

»Klar!«, sage ich. »Und hast du noch den Zettel für die Bettwäsche?«

Da müssen wir beide lachen, und das neue Jahr kann nun beginnen.

Ich wünsche auch Ihnen einen guten Start!

38

Gibt es eine Liste für alle Fälle?

Wie mogeln Sie sich durch den Alltag? Oder denken Sie immer an alles? Sind Sie ein Organisationstalent? Prima! Dann brauchen Sie gar nicht weiterzulesen ...

Denn diese Geschichte ist für Frauen (und Männer?) geschrieben, die ihren Alltag nicht immer im Griff haben. Frauen wie mich!

»Schreib dir doch eine Liste«, riet mir eine Freundin vor kurzem. Ich sollte alles – mit Uhrzeit und Standort – notieren, was ich zu erledigen hatte. Obwohl das nicht meine Art ist, habe ich es getan und wenig später diese Liste und die Einkaufsliste sowie den Autoschlüssel an einem geheimen Ort verlegt, was leider eher meine Art ist. Ich suche bis heute danach. Zum Glück habe ich einen Ersatzschlüssel, so viel zum Thema »Listen«.

Neulich ging ich in die Küche, um einen Topf Wasser auf den Herd zu stellen. Dafür brauchte ich ja wohl keine Liste.

Ich öffnete den Schrank, holte einen Topf hervor und ließ Wasser hineinlaufen. Dabei bekam ich Appetit auf eine Tasse Tee, also schaltete ich den elektrischen Kessel ein und begann nach Teebeuteln zu suchen – und mir fiel ein, dass ich die Schwiegermutter mal wieder einladen sollte. Also eilte ich zum Telefon, um sie anzurufen.

Es war besetzt, und da ich schon mal den Hörer in der Hand hielt, konnte ich ja schnell meine Freundin Marie anrufen. Wir unterhielten uns eine Weile angeregt, und sie erinnerte mich daran, dass am nächsten Tag ein Abendessen bei gemeinsamen Freunden stattfand.

Das hatte ich vollkommen vergessen. Was sollte ich bloß anziehen? Wenn ich mich beeilte, würde ich noch schnell einen Blick in die Boutique an der Straßenecke werfen können, bevor ich die Kinder abholen musste.

Irgendetwas hatte es in der Küche zu tun gegeben. Richtig! Ich wollte mir einen Tee machen, aber das könnte ich ja auch später noch tun. Beschwingt von dem guten Gefühl, alles bestens im Griff zu haben, eilte ich aus dem Haus, um nach einem neuen Outfit Ausschau zu halten.

Da entdeckte ich das große Ausverkaufsschild am Schuhgeschäft. Dieses Paar Schnürstiefel wollte ich schon immer haben. Immer! Immer! Und heute war mein Glückstag. Ich kaufte die Stiefel zum halben Preis und trat mit einer großen Tüte wieder auf die Straße.

Da fiel mir ein: Ein Brot musste ich noch fürs Abendessen holen. Und auf dem Weg zum Bäcker kaufte ich einen bunten Strauß im Blumenladen und noch ein paar Pralinen für das geplante Abendessen mit unseren Freunden. Jede Menge Einkäufe standen noch an, vielleicht sollte ich schnell mal ins Kaufhaus? Schließlich bin ich gut organisiert …

Aber wollte ich nicht eigentlich etwas ganz anderes erledigen?

Richtig! Teebeutel wollte ich eigentlich kaufen. Also doch ins Kaufhaus. Wenig später stand ich an der Kasse und bezahlte rosafarbene Rosenseife. So eine Rosenseife kann man immer gut gebrauchen – für sich selbst oder zum Verschenken. Und diese hier war ganz besonders nett, in Rosenblütenform und sehr preisgünstig, so dass ich gleich zehn Stück gekauft habe.

Ich denke immer praktisch und vorausschauend.

»Nun aber schnell die Kinder abgeholt«, dachte ich mir, und kaufte noch schnell zu Dekorationszwecken ein Netz voller Glasmurmeln. Dann schleppte ich mich, mit zahlreichen Tüten beladen, einige Häuserblocks weiter. Eine halbe Stunde später, ebenso beladen, umringt von drei hungrigen Kindern, schleppte ich mich denselben Weg zurück.

»Das hätte man vielleicht besser organisieren können«, dachte ich mir kurz, nachdem der Blumenstrauß zum dritten Mal auf den Boden gefallen war.

Wieder zu Hause, gab es auf dem Herd nur einen Topf mit kaltem Wasser, und mir fiel auf, dass ich, anstatt ein Mittagessen zu kochen, mit meiner Freundin Marie geplaudert, die Schwiegermutter nicht eingeladen und das Haus voller Rosenseife hatte.

Statt Brot gab es Murmeln, statt neuem Outfit einen ramponierten Strauß Nelken. Ich seufzte. Manchmal hat man es schwer mit sich selbst.

Ein gutes Ende hat diese Geschichte ja doch. Als mir nämlich eine von den Glasmurmeln auf den Boden gekullert war und ich sie wieder aufheben wollte, fand ich unter der Heizung den verloren geglaubten Autoschlüssel wieder. Und tolle, neue Stiefel besaß ich jetzt auch.

Man kann einfach nicht alles im Leben auf Listen schreiben. Für den nächsten Tag habe ich mir aber doch eine geschrieben: »Abendeinladung um 20 Uhr nicht vergessen« stand darauf und »Brot kaufen« und »Schwiegermutter anrufen« …

Was dabei herausgekommen ist, erzähle ich Ihnen später. Jetzt gehe ich mir erst mal eine Tasse Tee kochen. Wenn ich einen Teebeutel finde …

39

Kinder, wie die Zeit vergeht …

Können Sie sich noch an den Spruch alter Tanten aus Ihrer Kindheit erinnern? »Bist du aber groß geworden«, lautete er. Gefolgt von »An den Kindern kann man sehen, wie die Zeit vergeht …«

Damals fand ich das fürchterlich lästig. Und ich konnte sowieso nicht verstehen, was das immer gleiche Gerede, alle paar Monate wieder, bedeuten sollte. Inzwischen weiß ich es. Und meistens übermannt mich diese Erkenntnis besonders heftig in den ersten Januar-Wochen im neuen Jahr.

Dann beobachte ich heimlich meine Kinder, nachdem ich mir alte Fotoalben angesehen und herumgerechnet habe, dass Sanne in sieben Jahren ja bereits volljährig ist. Dass meine Jungs bis dahin auch schon wie verrückt pubertieren und dass sogar das neue Jahrtausend in die Jahre kommt, von mir ganz zu schweigen.

Und dann bekomme ich das, was ich meine »Neujahrskrise« nenne.

Robert, mein liebster Ehemann, schlägt mir dann meistens kameradschaftlich auf die Schulter und verkündet grinsend: »Ich werde dich auch noch lieben, wenn du neunundneunzig bist!«

Sie können sich sicher denken, dass mich das nicht sonderlich aufbaut. Mit zitternden Händen halte ich ihm das Einschulungsbild von Sanne unter die Nase.

»Sieh nur«, wispere ich gerührt. »Das war im Jahr 2000, wie klein sie da noch war. Und ich war schwanger.«

Mit forschendem, dunkelbraunem Samtblick sieht mir Robert in die Pupille. »Ist es das, was dir fehlt?«, will er wissen. Du liebe Güte! Das ist doch wieder typisch Mann!

»Aber nein!«, meckere ich ihn an, denn ich fühle mich unverstanden, und wer an kalten Januartagen seine Neujahrskrise durchlebt, der ist leicht reizbar. »Darum geht es doch überhaupt nicht. Ich finde nur, dass die Zeit so schnell vergeht.«

»Ja«, antwortet Robert, die Frohnatur. »So ist das nun mal eben.«

»Und es berührt dich überhaupt nicht?«, frage ich und höre selbst, wie schrill meine Stimme klingt.

»Nö«, gibt Robert freundlich zurück. »Man kann es ja nicht ändern.« Ist das die Möglichkeit? Kurz frage ich mich, ob er vielleicht gar nicht so optimistisch ist, sondern einfach nur unsensibel?

»Wollen wir mit den Kindern Schlittschuh laufen gehen?«, fragt er in diesem Moment, was meinen Verdacht bestätigt. Schniefend schüttele ich den Kopf. »Ich bleibe lieber hier auf dem Sofa sitzen und gebe mich meiner Trauer hin.«

»Na, dann viel Spaß dabei«, ruft Robert und hat kurz darauf mit drei ausgelassenen Kindern und vier Paar Schlittschuhen die Wohnung verlassen.

Ich höre sie noch im Treppenhaus lachen, dann ist alles wieder still. So still. Nur die Uhr tickt an der Wand, oder ist es meine biologische Uhr oder meine Lebensuhr, die tickt und tickt – in dieser Stille, die ja nicht auszuhalten ist.

So still wird es in ein paar Jahren sein, wenn die Kinder alle ausgezogen sind und ich alt und gebeugt sein werde. Ich seufze und vertiefe mich mit nassen Augen in ein Fotoalbum von 1999.

Ist das lange her! Und wie jung ich war. Sechs Jahre jünger als heute. Das sieht man schon. Ich blättere um. Da ist ja mein Samuel-Baby. Er sah aus wie einer Zwieback-Werbung entsprungen. So sieht er eigentlich immer noch aus, tröste ich mich.

Aber in ein paar Jahren wird er ein junger Mann sein, und dann wird er heiraten, und mir fällt siedend heiß ein, dass ich ja irgendwann einmal eine Schwiegermutter sein werde.

Wekwerths
1999
1999

Meine Söhne werden mir Schwiegertöchter bescheren und zwar gleich zwei Stück, mindestens, und ich frage mich, ob ich mich besser anstellen werde als meine eigene Schwiegermutter, der ich ja bekanntlich nie etwas recht machen kann.

Wie werden diese Frauen sein, die meine Söhne mal heiraten? Ob sie sich überhaupt mit den hochsensiblen Charakteren meiner wunderbaren Söhne zurechtfinden werden? Ich werde sie im Auge behalten, denn meine Söhne ...

»Ach herrje«, denke ich ertappt. Da geht es ja schon los. Die beiden können noch nicht lesen und schreiben, und ich sorge mich bereits um ihre Ehen. Ich klappe das Fotoalbum zu und lasse die Vergangenheit ruhen und die Zukunft auch. Denn alles, was zählt, ist die Gegenwart.

Mit dieser schlauen Erkenntnis koche ich mir einen indischen Kräutertee, zünde eine Vanille-Kerze an und lackiere mir die Fingernägel kirschrot. Und als Robert und die Kinder mit strahlenden Gesichtern nach Hause kommen, fühle ich mich wunderbar. Falls Sie auch gerade ein wenig weinerlich sind, bedenken Sie: An kalten Januar- und Februartagen sollte man seine Krisen ausleben, dazu gesellt sich gern noch eine kleine Winterdepression und eine Erkältung. Aber wenn man das alles überwunden hat, dann kommt meistens bald der Frühling ...

40

Sind Sie immer konsequent?

»Konsequenz« scheint die Lebensform schlechthin zu sein. Wenn Sie Ihren Kindern in einer schwachen Sekunde an der überfüllten Supermarktkasse gestatten, sich ein Überraschungsei aus dem Regal zu nehmen, dann werden Sie es jahrelang bereuen …

Dann werden Sie noch mit pubertierenden Halbwüchsigen diskutieren, während Sie schwitzend Ihre Lebensmittel aufs Förderband hieven. »Aber neulich hast du es erlaubt«, werden die Kinder vorwurfsvoll sagen und die Welt nicht mehr verstehen – ihre Mutter schon gar nicht. Also: immer hübsch konsequent! Ich weiß, wovon ich schreibe.

»Nein heißt nein!«, hat meine Mutter immer gesagt. Das fand ich damals ausgesprochen gemein. Inzwischen sage ich es selbst zwanzigmal am Tag.

»Nein heißt nein!«, zischte ich Klein-Max an der Kasse an, der gerade versuchte, zwei Schachteln Tic-Tac unter einem Kopfsalat verschwinden zu lassen, damit sie meinem hektischen Blickfeld entzogen sind – und die Verkäuferin den Preis in die Kasse tippen würde, bevor ich überhaupt etwas gemerkt hätte. Sehr schlau das Ganze. Aber ich kannte den Trick.

Hinter dem Salat lag ein Netz mit Äpfeln, und dahinter fuhr gerade in aller Unschuld ein Paket Hubba-Bubba mit Cola-Geschmack an mir vorbei.

»Hört auf!«, rief ich meinen grinsenden Söhnen zu.

Es ist nicht immer leicht, den Part des Spielverderbers zu übernehmen. Darum hatte ich damals nachgegeben. Ein einziges Mal, nur weil ich solches Kopfweh hatte und das ewige »Warum?-Wieso?-Mama-ist-gemein-Gerede« einfach nicht mehr ertragen konnte. Ich habe die strenge Dame »Konsequenz« mit Füßen getreten, und das verübelt sie mir bis zum heutigen Tag.

»Mamaaaa!«, rufen meine Söhne seither begeistert, sobald wir an der Kasse stehen.

Dann häufen sie Lakritzstangen, Kaugummis, Marsriegel und Schnapsfläschchen auf das Förderband. Während die Warteschlange hinter uns anschwillt, diskutiere ich mit den Kindern aus, wer nun welche Süßigkeit bekommen darf. Den Schnaps stelle ich natürlich gleich wieder zurück, obwohl ich jetzt ein Schlückchen gebrauchen könnte.

Wie Sie unschwer erkennen können, bin ich der Schreck einer jeden Supermarktkasse, aber ich kann eigentlich nichts dafür.

Die Kunst der Konsequenz geht aber noch weit über Kindererziehung hinaus. Auch bei Ehemännern darf man nichts schleifen lassen.

»Soll ich den Mülleimer mit runternehmen?«, fragt Robert mit gequältem Gesichtsausdruck.

Denn er hat es ja so eilig, er ist ja so wichtig, er muss jetzt sofort los. All das steht in seinem gehetzten Blick geschrieben. Da steht sogar noch mehr: »Warum machst du es nicht nachher selbst«, fragen seine braunen Augen, »anstatt rumzusitzen und mit deinen Freundinnen Kaffee zu trinken?«

Aber das würde er natürlich niemals offen aussprechen, denn dann würden die Teller fliegen. Es steht nur still und vorwurfsvoll in seinem tragischen Blick.

Und sofort fällt mir die Kunst der Konsequenz ein.

Es wäre leichter zu sagen: »Ach, lass nur, Schatz«, und dann würden seine braunen Augen wieder ganz freundlich blicken.

Aber ich entgegne: »Ja, das ist wirklich eine gute Idee!«

Schnaufend zieht er mit Aktentasche und Mülleimer los, in die große, weite Welt, und ich denke mir: Warum fragt er überhaupt? Natürlich muss der Mülleimer runtergebracht werden. In elf Jahren Ehe ist er im Durchschnitt einmal täglich aus der Wohnung geschafft worden, das macht 4015-mal. Also, warum fragt er eigentlich noch?

Selbst der Dackel Waldi von meiner Tante Gerda stellt meine Konsequenz immer wieder erneut in Frage. Sobald wir am Tisch sitzen, hockt er sich mit dem bekannten Dackelblick neben mich und gibt piepsende Laute von sich.

Wenn ich jetzt nachgäbe und Kuchenbrocken auf den Boden fallen ließe, würde Waldi beim nächsten Besuch einen eigenen Teller verlangen. Also tue ich so, als sähe ich ihn gar nicht, und ignoriere die Piepserei, obwohl sie mir auf die Nerven geht.

»Nun gib doch dem Hund auch was ab«, sagt Robert zu mir und guckt aus ebenso treuherzigen Augen wie der Dackel. Und bevor ich ihm einen Vortrag über Hunde- und Kindererziehung halten kann, hat Mäxchen sein ganzes Kuchenstück auf den Boden geschmissen.

»Hoppla!«, ruft er und tut erschrocken. Dann beobachten alle drei Kinder verzückt, wie der dicke Dackel die Schwarzwälder Kirschtorte vom Perserteppich schlappt und aufgehört hat zu piepsen. Stattdessen grunzt er wohlig und ich bin wieder die Spielverderberin.

Aber das nächste Mal werde ich versuchen, in aller Konsequenz unkonsequent zu sein: Dann lasse ich den Mülleimer vor sich hin modern und die Kinder Schokolade vor dem Schlafengehen essen und setze dem Dackel gleich ein Stück Sahnetorte vor.

Was dabei herauskommen wird, werde ich Ihnen demnächst in einer neuen Geschichte beschreiben.

41

Kleine Mädchen lieben große Pferde

Was ist bloß dran an dieser übergroßen Faszination kleiner Mädchen für große Pferde? Warum tut es nicht auch ein netter Wellensittich?

Bei uns zu Hause steht auf jeder Wunschliste meiner Tochter Sanne an oberster Stelle das Wort »Pferd«. Selbst zu Ostern hofft sie lautstark, auf dem Balkon ein freundliches, gesatteltes Reitpferd zu entdecken.

Und sie hat sich auch schon ganz genau überlegt, wie dieses Pferd in einer Mietwohnung mitten in Berlin untergebracht werden könnte – nämlich im Geräteschuppen des Hausmeisters, der seine lächerlichen Besen und Harken ja schließlich auch woanders hin tun könnte. Findet Sanne.

Sie würde dieses Pferd, das zwar nicht existiert, aber bereits einen Namen trägt (Rupert), jeden Tag im Grunewald reiten. Auf meine Frage, wie sie denn, bitte schön, mit diesem Rupert von der Mitte Berlins aus den Grunewald überhaupt erreichen möchte, schaut sie nur feindselig. Und wie auf Bestellung füllen sich ihre schmerzvoll dreinblickenden Augen mit Tränen.

»Ach«, jammert sie. »Ich kriege ja sowieso kein Pferd.« Und somit bleibt sie mir die Antwort schuldig. Dann schleicht sie mit hängenden Schultern in ihr Zimmer, gefolgt vom imaginären, aber dennoch ebenso unglücklichen Rupert, dessen Präsenz ich neuerdings irgendwie wahrnehme.

In Sannes Kinderzimmer hängen unzählige Pferdeposter: unter Bäumen grasende, über Hindernisse springende, sich an ma-

lerischen Stränden aufbäumende Pferde. Große, kleine, weiße, braune, schwarze, gefleckte …

»Das heißt nicht ›weiß‹«, werde ich von meiner Tochter ungeduldig verbessert. »Das heißt Schimmel. Und es heißt auch nicht ›gefleckt‹, sondern ›gescheckt‹.«

Ich kriege bald einen Pferdekoller, denn selbst auf Sannes Frühstücksgeschirr tummeln sich Shetlandponys.

»Man nennt sie Shettis«, erklärt Sanne mit kluger Miene, und ich bin um einiges Insider-Wissen bereichert. »Wusstest du, dass Gotlandponys eine starke Hand brauchen?«, fragt sie mich gleich nach dem Aufstehen, anstatt mir einen guten Morgen zu wünschen. Und ich frage mich, was sie die ganze Nacht über treibt.

Letzte Woche war es wieder ganz schlimm, und sie war kurz davor, an der Tür des Hausmeisters zu klingeln, um etwas Dringendes mit ihm zu besprechen, es sollte wohl um den Geräteschuppen im Hof gehen. Doch ich hielt sie im letzten Moment zurück.

»Und wo soll Rupert deiner Meinung nach hin?«, fragte sie mich gereizt.

»Keine Ahnung«, gab ich zurück.

»Na, siehst du!«, rief Sanne. »So etwas muss doch vorher geklärt werden.« Und sie streckte schon wieder den Zeigefinger nach dem Klingelknopf unseres fleißigen Hausmeisters, Herrn Schulz, aus. In diesem Moment öffnete er die Tür, und bevor ich etwas sagen konnte, sprudelte es nur so aus Sanne heraus. »Pferd …«, keuchte sie mit roten Bäckchen und »… Rupert … Geräteschuppen …«

Zu meiner Verblüffung schob sich Hausmeister Schulz bloß seine Schiebermütze aus der Stirn und antwortete:

»Klar, kleenet Frollein. Dein Ruppert kommt in meenen Schuppen.« Und damit war das Thema durch. »Siehste!«, strahlte mich Sanne an, und ich fühlte mich verraten. »Aber Ihre Besen«, rief ich panisch und machte ihm hinter Sannes Rücken wilde Zeichen, er möge doch aufhören – aber ich wurde nicht erhört. Er grinste bloß, wünschte uns einen schönen Tag und ging vor dem Haus fegen. Wenn er wüsste, in was für eine missliche Lage er mich durch seine Späße gebracht hatte, denn nach diesem Gespräch war Sanne nicht mehr zu bändigen.

»Wie sieht Rupert denn aus?«, fragte ich müde. »Er ist ein Fuchs mit weißer Blesse und hellen Fesseln«, schwärmte sie.

»Wieso Fuchs?«, fragte ich irritiert.

»Ach, Mama!«, rief sie und verdrehte die Augen. »Du weißt aber auch gar nichts!« Da tat sie mir irgendwie Leid. Dass Rupert, mit weißer Blesse oder ohne, nicht in den Geräteschuppen des Hausmeisters passen würde, konnte ich ihr unmöglich beibringen.

»Wie wäre es, wenn du erst mal eine kleine Runde auf einem Pferdehof machst und dir anschaust, wie ein echtes Pferd überhaupt aussieht und riecht?«, fragte ich, mürbe geworden von all den Diskussionen der letzten Jahre. »Oh, Mama!«, kreischte Sanne und fiel mir um den Hals. Nicht am nächsten Tag, sondern noch am selben Nachmittag fand ich mich mit ihr in einem Pferdestall wieder. Weder angesabberte Trensen noch Pferdeäpfel oder Urinpfützen konnten ihre Begeisterung bremsen. Plötzlich erstarrte sie. »Da«, flüsterte sie. »Da ist ja Rupert!« Vor ihr stand ein großes, braunes Pferd mit weißer Blesse. Es hatte zwar keine hellen Fesseln, aber das schien Sanne nicht zu stören.

»Rupert«, flüsterte sie selig.

»Das ist Stuppsi, unser liebstes Reitschulpferd«, informierte uns eine freundliche Reitlehrerin. Aber Sanne wusste es insgeheim besser. Stuppsi-Rupert steht jetzt übrigens nicht im Geräteschuppen von Herrn Schulz, dafür nimmt Sanne neuerdings Reitstunden – und ist das glücklichste kleine Mädchen der Welt.

42

Ein Auto mit vielen Geschichten ...

Wie Sie sicher bemerkt haben, schreibe ich ganz gerne mal Geschichten übers Autofahren. Denn so ein Wagen verrät wirklich viel über seine Besitzer. Finde ich zumindest ...

Über das Auto selbst, diese Konstruktion aus Blech, versehen mit vier Rädern, einem Motor und Scheibenwischern, habe ich noch nie geschrieben. Und das hat auch einen Grund. Ich finde Autos (im Gegensatz zu meinen Söhnen) relativ langweilig, Hauptsache, sie fahren mich von A nach B, und die Heizung funktioniert.

»Boooaah, Maammaaaa! Guck mal der schicke Mercedes!«, kreischen meine Söhne vom Rücksitz, während ich in einem Berliner Nachmittagsstau stecke und am Radio drehe.

»Wo?«, frage ich lahm. »Na, genau vor uns! Coooool!«, ruft Samuel und zieht zischend seinen Atem durch die Zähne. Mäxchen hat es vor Ehrfurcht die Sprache verschlagen. Alles, was ich sehen kann, ist ein großes silbernes Auto, das ziemlich sauber aussieht.

Das kann man von unserem nicht gerade behaupten. Bei uns liegen halb volle Chipstüten, verloren gegangene Gummibärchen und einzelne Handschuhe am Boden. Auf der Fußmatte des Beifahrersitzes leistet mir seit Monaten eine zerfledderte Zeitung Gesellschaft, und ich würde sie ehrlich vermissen, wenn sie nicht mehr da wäre. Auf der Hutablage hat sich ein kleiner Teddybär mit einer Diddl-Maus häuslich niedergelassen, und im Kofferraum gibt es noch eine Kiste mit Altglas, die seit letzter Woche klappernd mitfährt, weil ich es immer noch nicht geschafft habe, am Container zu halten. So viel zum Innenleben unserer Familienkutsche.

»Warum räumst du die Karre nicht mal auf?«, fragte mich meine Freundin Svenja neulich. In ihrem Auto (fragen Sie mich bloß nicht nach der Marke. Ich habe keine Ahnung!) liegt nicht ein Fussel. Nur ein duftendes Tannenbäumchen schaukelt hypnotisierend unter dem Rückspiegel und verströmt das ganze Jahr über eine weihnachtliche Atmosphäre, wenn Svenja es nicht gerade gegen ein Vanille-Bäumchen ausgewechselt hat. Dann riecht es in ihrem Auto nach Kipferln und Backstube. Dazu erklingt ein klassisches Klavierkonzert in Stereo aus der staubfreien Anlage.

»Zeig mir dein Auto, und ich sag dir, wer du bist«, murrte Svenja also letztens, als sie gezwungen war, eine Runde bei uns mitzufahren. Eingeklemmt zwischen Kindersitzen hockte sie griesgrämig auf einer leeren Chipstüte.

»Von dieser abenteuerlichen Theorie habe ich noch nie etwas gehört!«, schrie ich gegen das Klappern der leeren Glasflaschen an, das noch immer aus dem Kofferraum klang.

Trotzdem musste ich darüber nachdenken. In unserem Auto riecht es nicht nach Vanille oder Tannenwald, sondern manchmal sogar nach nassem Hund, wenn wir den Dackel von Tante Erna im Regen spazieren geführt haben. Dafür ist unser Auto fröhlich grün und hat nur eine kleine Beule.

Laut Svenja muss ich ein Mensch mit chaotischem Seelenzustand sein. Aber ich habe keine Lust, in meiner freien Zeit mit der Pronto-Sprühdose im Auto zu hocken und mein Lenkrad zu polieren. Ich gehe (fahre!) lieber ins Kino, und wenn die Kinder hinterher den Rest Popcorn auf die Sitzbank krümeln, dann haben wir wenigstens Spaß gehabt. Und die vielen Bilderbücher brauchen wir auch ganz dringend. Genau wie den Berg Benjamin-Blümchen-Kassetten und die zwei Pakete Reiswaffeln für kindliche Hungerattacken.

Manchmal, wenn ich besonders viele mütterliche Fahrdienste zu leisten habe, nehme ich mir sogar eine Thermoskanne Kaffee mit. Dann kann ich zwischen den »Zum-Ballett-bringen-vom-

Fußball-abholen-zwischendurch-noch-schnell-Brot-kaufen-und-vom-Ballett-wieder-abholen«-Fahrten ein leckeres Schlückchen Kaffee trinken – und darüber vergessen, dass ich immer noch nicht beim Altglascontainer war.

Wenn Svenja mein Innenleben zweifelhaft findet, dann ist mir das ganz egal. Und ob jemand, der sich vor dem Besteigen seines keimfreien Duft-Autos die polierten Schuhe abputzt, nicht vielleicht eher ein Problem hat, sei dahingestellt. Ich mag mein grünes Schmuddelauto. Seine Hupe klingt so nett und wir haben bereits viele gemeinsame Jahre verbracht.

Wir waren sogar mal zusammen in Südfrankreich. Hinterher lag dann noch lange ein steinhartes Baguette auf der Rückbank. Das verbindet. Ich glaube, ich habe sogar noch einige französische Franc-Münzen im Aschenbecher liegen. Dort, wo sich auch die unzähligen Plastikchips für Einkaufswagen befinden und der weiße Knopf, der dringend wieder an meine Jacke genäht werden müsste.

Wenigstens weiß ich ganz genau, wo er ist. Wie man sieht, fördert Unordnung die Kreativität – meine ich jedenfalls – und deswegen ist diese Geschichte nun auch zustande gekommen.

Ach, und Teddy und Diddl von der Hutablage haben Nachwuchs bekommen: Ein gestreiftes Eichhörnchen ist jetzt mit von der Partie, und wenn Sie in Berlin mal ein grünes, klapperndes Auto voller Kinder und Plüschtiere sehen, dann ist das mit großer Wahrscheinlichkeit meins.

43

Morgens um sechs Uhr ist zu früh für mich

Morgenstund hat Gold im Mund? Gar nicht! Frühmorgendliches Aufstehen ist mir ein noch größerer Graus als der Besuch beim Zahnarzt ...

Wie werden Sie denn morgens geweckt? Mit einer Fußreflexzonenmassage oder von dem lieblichen Rauschen der Meeresbrandung? Darum würde ich Sie ehrlich beneiden.

Bei uns zu Hause rasselt um sechs Uhr der Wecker. Kurz darauf wird mir vom Ehemann ins Ohr gestöhnt, ich möge doch ruhig schon mal aufstehen und Kaffee kochen. Er würde gleich nachkommen. Dann erstirbt seine schwache Stimme wieder, und ein zufriedenes Schnarchen folgt.

Ganz kurz blitzt in meinem schläfrigen Hirn die Planung des Tages auf: Kinder sind in Schule und Kindergarten zu bringen, Einkäufe zu erledigen, Telefonate, Bücher in die Leihbibliothek zurückbringen, ein zu kurzes Kleid umtauschen. Mäxchen muss am Nachmittag zu einem Kindergeburtstag gebracht werden, Sanne hat ihre Ballettstunde, Samuel hat einen Termin beim Logopäden, weil er doch so stark lispelt.

Und dann muss ich alle wieder zur richtigen Zeit vom richtigen Ort abholen und nach Hause bringen und das Essen kochen und das Badewasser einlassen und ...

Kurz bevor ich mir allzu Leid tun kann, sinke ich in seligen Schlummer. Ich sehe mich an einem Strand spazieren gehen. Hier gibt es keine Logopäden und Kindergeburtstage, nur mich, Sand, Meer und Sonne. Ganz schön hell strahlt sie. Viel zu hell. Jemand hält mir die Nachttischlampe ins Gesicht. »Mama!«, wird gerufen. »Es ist gleich halb sieben.«

Vorwurfsvoll kämpft sich Robert aus dem Bett. »Wir werden alle zu spät kommen«, mault er gähnend.

»Wo ist meine Jeansjacke?«, quäkt Sanne.

»Ich will nicht in den Kindergarten!«, kreischt Samuel hinter der Tür. »Und die Logopädin ist sowieso blöd.«

Während all diese Sätze auf mich niederprasseln, hält Mäxchen noch immer die Nachttischlampe in mein Gesicht und betrachtet es interessiert, als würde er gerade mein Gehirn sezieren.

»Lass das!«, keuche ich.

»Haben wir keine frische Milch mehr?«, ruft Robert aus der Küche.

Wenn ich nicht so müde wäre, würde ich jetzt wahnsinnig werden. »Sag Papa, die Milch liegt unter der Familienpackung Joghurt im Kühlschrank«, bitte ich Mäxchen flehend mit zusammengekniffenen Augen. »Und sag ihm, ich brauche einen Kaffee.« Aber Mäxchen leuchtet fasziniert in meine Gehörgänge und ruft Samuel zu: »Sag Papa, die Milch liegt im Kühlschrank bei irgendeiner Joghurtfamilie und Mama möchte Kaffee.«

Gleich darauf höre ich Samuel in der Küche ausrichten: »Mama möchte einen Joghurt essen.« Es lebe die stille Post. »Nein!«, rufe ich und meine nicht nur das eben Gehörte, sondern auch Mäxchen, der mir den Pyjama aufknöpft, um die Nachttischlampe auf meinen nackten Bauch zu stellen. Müde schleppe ich mich ins Bad. Bevor ich die Tür verschließen kann, erklärt mir Samuel, dass Papa keine Milch findet und dass die Logopädin blöd ist. Ohne Kaffee kann ich mich dieser Familie nicht stellen. Ich schlurfe in die Küche, reiße die Kühlschranktür auf, finde tatsächlich keine Milch. Und dann fällt mir ein, dass ich noch gar kein Geburtstagsgeschenk für Mäxchens Einladung besorgt habe und dass Sanne immer noch kein neues Ballett-Trikot hat und dass ich eigentlich viel zu müde für diesen Morgen bin.

»Beeil dich«, ruft mein liebster Ehemann mir zu und entschwindet im Bad, um singend zu duschen. Was macht man da? Wie kriegt man es hin, einen Tag menschenwürdig zu beginnen? Ich breche auf der Küchenbank zusammen und mobilisiere alle meine Kräfte. Mehr als ein kräftiges Gähnen kommt dabei nicht heraus. Ich lege meinen Kopf auf den Tisch, so lässt es sich besser denken. Und schon sehe ich wieder einen goldenen Sandstrand …

»Es gibt Morgenmenschen und es gibt Nachtmenschen«, raunt eine tröstende Stimme aus dem blauen Wasser. Und ich bin ein Nachtmensch. Dafür kann man nichts. Ich bin nicht für den Morgen geschaffen. Mit dieser Erkenntnis schlafe ich ein.

Plötzlich ist es so ruhig, kein Wellenschlagen mehr, nur meine kalten Füße auf den Küchenfliesen und ein steifer Nacken. Erschrocken fahre ich in die Höhe. Wo sind sie alle?

Auf dem Herd steht eine Kanne voll Kaffee, daneben ein Kännchen frischer Milch. »Guten Morgen«, hat Robert auf einen Zettel geschrieben. »Ich bringe heute die Kinder, und du schlaf dich mal aus.« »Ach, wie nett«, denke ich, und nachdem ich einen herrlichen Schluck Kaffee getrunken habe, beleben sich meine Sinne, vor allem, als mir ein Blick auf die Uhr verrät, dass es kurz nach neun Uhr ist. Ich habe viel vor: meine Kinder durch halb Berlin fahren und tausend Dinge erledigen, aber all das schreckt mich jetzt gar nicht mehr. Wenn man mich doch immer ausschlafen lassen würde!

44

Mit Kindern kann man nicht telefonieren

»Wenn du etwas tust, dann tu es richtig«, sagte meine Großmutter immer. Dass sie damit eigentlich Strümpfe stopfen und Messingklinken putzen gemeint hat, lasse ich jetzt hier mal außer Acht …

Denn der Rat an sich ist nicht übel. Neulich nahm ich ihn mir zu Herzen, als ich mal wieder mit einer Freundin telefonieren wollte. Und zwar richtig, wie in alten Zeiten: aufs Sofa gelümmelt, über alles Mögliche plaudern und lachen. Ein bisschen lästern, ein bisschen flüstern – Sie wissen schon, was ich meine.

Und damit mir dies auch ohne unzählige Unterbrechungen möglich ist, schickte ich Robert, den liebsten Ehemann, mit den drei lieben Kleinen zu einem Spaziergang hinaus. Sobald die Tür hinter ihnen zugefallen war, hechtete ich mich aufs besagte Sofa, tippte die Nummer meiner besten Freundin Marie ein und klemmte mir voller Vorfreude den Hörer ans Ohr.

Es klingelte und klingelte. Dann ging endlich jemand ans Telefon. Aber ich hörte nur leises Schnaufen.

»Marie?«, fragte ich und richtete mich angstvoll im Sofa auf.

»Schnauf!«, lautete die Antwort. Ob ich mich verwählt hatte? Sollte ich auflegen? Aber vielleicht brauchte dieser schnaufende Mensch Hilfe?

Vielleicht war es ein gütiger Zufall des Schicksals, dass ich mich verwählt hatte und nun gleich eine Lebensretterin sein würde? »Wer spricht denn da?«, fragte ich also mit mutiger Stimme.

»Lilli«, hörte ich ein leises Stimmchen und sackte erleichtert ins Sofakissen. Lilli ist die kleine Tochter meiner Freundin Marie. Es galt also keine Leben zu retten, sondern nur Klein-Lilli dazu zu bewegen, ihre Mutter ans Telefon zu holen. »Lilli«, sagte ich mit zuckriger Stimme. »Reichst du mir mal deine Mama, bitte.« Wieder schnaufte es nur in der Leitung. Dann war es eine Weile still. Ich lauschte andächtig. Und dann wurde wieder geschnauft. Klein-Lilli hatte wohl ebenso andächtig in den Hörer gelauscht wie ich.

»Lilli, bitte!«, flehte ich, denn ein Blick auf die Uhr zeigte mir, dass kostbare Telefonplauderzeit am Verstreichen war.

»Mamaaaaa!«, schrillte es plötzlich an meinem Ohr. »Mama, ich muss aufs Kloooo!« Ich hörte Schritte nahen. Endlich! Marie eilte herbei, gleich würde sie den Hörer entdecken und alles begreifen. Sie würde »Hallo, wer ist denn da?« sagen, und wir würden ein wenig plaudern können und – im nächsten Moment machte es »Klick«.

Seufzend wählte ich wieder. Es klingelte und keiner ging ran. Stimmt ja, fiel mir ein, Lilli musste ja aufs Klo.

Also ging ich mir einen Tee kochen, und als ich mich wieder aufs Sofa setzte, war ich voller guter Hoffnung, dass ich nun endlich ein paar Worte mit meiner Freundin Marie wechseln könnte. Es klingelte, und diesmal nahm Marie ab. Na, also. Man muss im Leben nur hartnäckig genug sein. »Hallo, Marie«, rief ich gut gelaunt und legte schwungvoll die Füße auf den Couchtisch. So hatte ich mir das vorgestellt.

»Nein! So geht das aber nicht!«, antwortete Marie mit erregter Stimme. Was war los? War sie böse auf mich? »Was meinst du?«, fragte ich verschüchtert.

»Wir haben eben gegessen, und du hast alle deine Möhren liegen lassen, und deswegen darfst du jetzt auch keine Schokokekse essen!«

Das leuchtete mir ein, aber warum sagte sie mir das?

»Hast du gehört, Lilli?«, rief sie und ich begriff. Klein-Lilli trieb weiterhin ihr Unwesen im Hintergrund, aber jetzt hatte ich ihre Mutter am Hörer, und wir würden uns nicht so schnell geschlagen geben.

»Hallo, Tanja«, rief Marie, und ihre Stimme klang ein wenig müde. Nun konnte es losgehen mit dem Plaudern und dem Kichern.

»Stell dir vor«, sagte ich und nahm ein Schlückchen Tee. »Oliver und Claudia wollen einen Vaterschaftstest machen lassen, weil Claudia ...«

»Hier ist die Nase vom Känguru, hier!«, erwiderte Marie ungeduldig.

Betroffen runzelte ich die Stirn. War mir ein wichtiger Aspekt in dieser haarsträubenden Geschichte entgangen? War Claudia etwa in Australien gewesen und ...

»Das passt doch nicht zusammen!«, rief Marie.

»Genau«, bestätigte ich erleichtert. »Ich finde auch, dass Oliver überreagiert und ...«

»Hier ist die Schwanzspitze vom Krokodil«, unterbrach mich Marie. »Entschuldige«, sagte sie dann. »Ich puzzle hier nebenbei mit Lilli, also was ist mit Oliver und Claudia?«

»Ach, nichts«, antwortete ich, denn ich hörte, wie sich der Schlüssel der Wohnungstür herumdrehte und Robert mit den Kindern heimkehrte.

»Mama!«, riefen meine Söhne mit sich überschlagenden Stimmen. »Wir haben einen toten Spatz gefunden!«

»Wer ist tot?«, rief Marie alarmiert in mein Ohr, und wir beendeten unser Gespräch bald, weil Lilli Durst hatte und meine Kinder lautstark eine Spatzenbeerdigung planten. Ob meine Großmutter auch einen Geheimtipp für ungestörtes Telefonieren in einem Haushalt voller Kinder gehabt hätte?

45

Ich koche Kaffee noch wie meine Oma

Was steht denn so an nützlichem Gerät in Ihrer Küche herum? Und benutzen Sie das alles auch wirklich? Bei meiner Freundin Marie sieht es in der Küche zum Beispiel aus wie in einem hoch technisierten Versuchslabor …

Da gibt es Eierkocher, verschiedene Mix- und Püriermaschinen, die sich alle umbauen lassen zu Häcksel- und Drechselgerätschaften und vieles mehr.

»Schau mal«, rief sie neulich voller Besitzerstolz, als ich bei ihr zu Besuch war. Mit zärtlichem Blick stellte sie sich neben ein weißes Ungetüm. »Das ist meine neue Kompaktküchenmaschine.«

»So, so«, sagte ich höflich. »Kann diese Maschine uns auch einen Kaffee kochen?« Denn das war eigentlich das, was ich jetzt am liebsten gehabt hätte.

Marie strich behutsam über den gläsernen Mixaufsatz. »Nein, das kann sie natürlich nicht, aber sie schlägt, raspelt, rührt und knetet.«

»Toll, Marie«, erwiderte ich lahm.

»Mit Kabelaufrollautomatik«, fuhr sie fort.

»Und das da drüben?«, fragte ich übertrieben interessiert. »Ist das nicht eine Kaffeemaschine?«

»Mit Digitalzeituhr«, nickte sie bestätigend. »Ich habe aber auch einen Kaffeevollautomaten.«

»Ich würde einfach gerne eine Tasse Kaffee trinken«, sagte ich mit skeptischem Blick auf den Edelstahlkasten voller Knöpfe und Hähne.

»Mit heiß geschäumter Milch?«, wollte Marie wissen und ihre Augen leuchteten.

»Meinetwegen.«

Nun war Marie in ihrem Element, sie schaltete wie besessen an Kaffeemaschine und Kaffeevollautomat herum. Hier blubberte es, dort zischte es.

»Ich mach uns noch rasch ein paar Waffeln warm«, rief sie gegen den ganzen Lärm an und ließ die Tür eines Mikrowellenherdes aufspringen. Kurz darauf hechtete sie zu einem weiteren Gerät. »Wie wäre es mit frischem Orangensaft?«, wollte sie wissen und jonglierte mit einigen Apfelsinen.

»Marie«, rief ich, denn allmählich machte sie mir Angst.

»Was?«, fragte sie verwundert.

»Du hast einen Technik-Knall«, diagnostizierte ich.

»Und wie machst du, bitte schön, deinen Kaffee?«, wollte sie dann wissen und rammte Orangenhälften in den Entsafter, der munter drauflos schnurrte. Auf diese Frage war ich nicht vorbereitet.

»Nun«, begann ich ausweichend. »Ich fülle einen Topf Wasser und stelle ihn auf den Herd und dann ...«

Fassungslos sah mich Marie an, als würde mir gerade ein Horn aus der Stirn wachsen.

»Und dann ...«, fuhr ich mutig fort, »stelle ich einen Filter mit gemahlenem Kaffee auf die Kanne und gieße das kochende Wasser darüber.« So! Nun war es gesagt.

»Das ist ja vorsintflutlich«, rief Marie entsetzt. »So hat das meine Oma immer gemacht!«

»Und ich mache es immer noch so«, gab ich schnippisch zurück.

»Und wie entsaftest du deine Orangen?«, wollte sie wissen.

»Gar nicht«, gab ich zurück. »Ich kaufe sie im Tetrapack. Das ist viel praktischer.«

»Aber die Vitamine«, tadelte sie mich.

»Dafür habe ich keine Mikrowelle«, lautete meine Antwort, die Marie mit einem Entsetzensschrei quittierte.

Kaffeomat

»Und wie knetest du Teig?«, fragte sie lauernd.
»Mit der Hand.«
»Und wie schneidest du Brot?«
»Mit dem Messer.«
Auf diesen Schock hin musste sich Marie kurz setzen.
»Aber warum?«, wollte sie wissen. »Warum tust du dir das alles an, wo es so herrliche Erfindungen gibt, die einem das Leben leichter machen?«
»Ich habe ja auch eine Spülmaschine«, rief ich zu meiner Verteidigung, um nicht wie ein Urmensch zu wirken.
»Na, toll!«, gab sie höhnisch zurück, »Und was noch?«
»Einen Handmixer und eine Moulinex«, gab ich stolz Auskunft.
»Eine Moulinex!«, schrie Marie auf, als hätte ich etwas Unanständiges gesagt. »So was gibt es noch? Ich dachte, die stünden schon alle im Museum!«
»Nein«, rief ich zornig, denn nun galt es die Ehre meiner guten alten Moulinex zu verteidigen. »Eine gibt es noch, und die steht in meiner Küche, und mehr brauche ich gar nicht.«
»Wenn du wüsstest!«, sagte Marie. »Sieh nur, der Kaffee ist schon fertig!«
Tatsächlich hatte sich die Kaffeemaschine ausgeblubbert.
»Mit Tropf-Stopp«, flüsterte Marie und streichelte über den abnehmbaren Wassertank.
»Kriege ich jetzt endlich eine Tasse Kaffee?«, fragte ich durstig.
»Aber ja, aber ja!«, rief Marie geschäftig. »Und zum Geburtstag schenke ich dir auch so eine Maschine.«
»Bitte nicht!«, rief ich entsetzt.
»Aber Tanja, warum denn nicht?«
»Weil es mir Spaß macht, den Kaffee wie meine Oma zuzubereiten und zu beobachten, wie der gemahlene Kaffee so hübsch aufschäumt, wenn ich heißes Wasser darüber gieße«, antwortete ich ehrlich. »Und weil ich es lustig finde, eine Gurke mit dem Hobel zu reiben und weil ich mich immer so herrlich abreagiere, wenn ich einen Klumpen Teig verkloppe. Darum!«

Seit diesem Tag ist Marie der Meinung, ich wäre nicht ganz richtig im Kopf. Und vielleicht denken Sie das jetzt auch. Je nachdem, wie es in Ihrer Küche aussieht.

46

Wenn der Kindergeburtstag naht

Dreimal im Jahr geht es bei uns zu Hause richtig heiß her – wenn meine Kinder Geburtstag feiern …

Nicht dass Sie jetzt denken, Weihnachten, Ostern und Halloween-Feste würden nicht auch leidenschaftlich gefeiert. Aber heute soll es nur um Kindergeburtstage gehen, denn das ist schon mehr als genug Inspiration für eine einzige Kolumne.

»Du darfst so viele Kinder einladen, wie du alt wirst«, wiederhole ich wie alle Jahre den Mutterspruch, den Kinder ab dem achten Geburtstag in Frage zu stellen beginnen. Meine spontane Idee: Ab zehn sollte man wieder rückwärts rechnen. Dann würden zur Volljährigkeit des Kindes nur zwei nette Gratulanten kommen.

Aber volljährig ist bei uns noch lange keiner. Im Gegenteil.

»Ich lade Lena, Max, Pauli, Lilly, Anton und Simon ein«, verkündete mir Mäxchen kurz vor seinem vierten Geburtstag.

»Wie alt wirst du?«, fragte ich ihn geduldig.

»Na, so alt, wie ich Kinder einlade«, lautete seine Antwort, wobei sich in seinem Gesicht kein Muskel rührte.

»Dieses Kind wird es weit bringen in seinem Leben«, dachte ich und unterdrückte ein Seufzen. »Max, du wirst vier und darfst vier Kinder einladen.«

Flehend hielt er mir fünf ausgestreckte Finger unter die Nase, die bei näherer Betrachtung nicht besonders sauber aussahen.

»Fünf«, keuchte er theatralisch. »Wenigstens fünf, bitte, bitte, bitte …«

Was sollte ich dazu sagen? Wie herzlos konnte ich sein?

»Also gut«, murmelte ich nachgiebig, und sofort leuchtete ein seliges Licht in den Augen meines kleinsten Sohnes. Aber nicht lange. »Und warum magst du Lilly nicht?«, wollte er wissen.

»Aber natürlich mag ich Lilly!«, rief ich entrüstet.

»Und warum darf sie dann nicht kommen?«, bohrte er weiter.

»Das habe ich nie gesagt«, versuchte ich mich zu wehren, aber gegen die Logik eines Kindes ist man meistens machtlos.

»Arme, arme Lilly«, schniefte mein Sohn, und bekümmert blickten seine veilchenblauen Augen zu Boden.

»Okay, okay!«, rief ich gereizt, denn ich wusste genau, dass ich ihm in die Falle geraten war. »Lilly darf auch kommen.« Und ich hoffte, dass nun alles in Ordnung wäre, aber weit gefehlt.

»Wenn Lilly kommt, muss ich aber auch Karin und Manu einladen«, erklärte mir mein Sohn mit ernstem Gesicht.

»Und warum?«, rief ich nervös.

»Weil das so ist«, sagte Max hoheitsvoll. Heimlich begann ich nachzurechnen, wie viele muntere Kindergartenkinder mir nächste Woche das Wohnzimmer auseinander nehmen würden.

Als ich die Furcht erregende Zahl Acht erreicht hatte, rief Max: »Und die Zwillinge aus dem dritten Stock!« Er schlug sich mit der Hand gegen die Stirn und lachte kurz auf. »Die hätte ich beinahe vergessen!«

»Max!«, sprach ich streng. »Du kannst unmöglich zehn Kinder einladen ...« Still dachte ich: »... denn das überlebe ich nicht.«

»Hab ich aber schon!«, rief Max mit dramatischem Zittern in seinem Stimmchen. »Wie stellst du dir das vor?«, fragte ich ihn. »Wie soll ich zehn Kinder beschäftigen? Glaub mir – das ist einfach zu viel!«

»Wir spielen ganz lieb im Kinderzimmer«, versprach mir Klein-Mäxchen mit dem blauen Blick, dem ich noch nie standhalten konnte.

Und kurz war ich versucht, ihm zu glauben. Doch dann erinnerte ich mich an seinen letzten Geburtstag, an dem viele muntere Kleinkinder in meinem Ehebett Schokoküsse und Salzstangen gegessen und mein seidenes Nachthemd zerrissen hatten.

»Nein!«, sagte ich fest. »Unmöglich!«

Es ist nicht leicht, immer die Rolle des Spielverderbers zu übernehmen. Gar nicht leicht. Und geradezu unmöglich, wenn man dabei in tränennasse Augen blicken muss. »Also gut«, murmelte ich kaum hörbar und sofort versiegten Maxens Tränen.

»Jippie!«, rief er, hüpfte über den Flur ins Kinderzimmer und ließ mich mit einem flauen Gefühl in der Magengegend zurück. Eine Minute später standen meine anderen beiden Kinder vor mir. »Ungerecht!«, zeterte Sanne. »Ich durfte bloß elf Kinder einladen!«

»Genau!«, beschwerte sich Samuel, den ich allerdings im Verdacht hatte, noch nicht genau begriffen zu haben, um was es überhaupt ging. Hauptsache, er war dabei!

Etwas müde geworden setzte ich mich an den Küchentisch. »Irgendwie hat mich Mäxchen überlistet«, sagte ich.

»Und wenn ich bald Geburtstag habe, dann lade ich außerdem noch den Karl, die Jenny, den Florian, die Sandra, den Moritz und den Björn ein. So!«, rief mir Samuel unüberhörbar ins Ohr. Er hatte wohl doch ganz genau begriffen, worum es ging.

»Und iiich …«, meckerte Sanne, »ich lade auch sechs Leute mehr ein, als ich alt werde!« Nachdenklich legte sie die Stirn in Falten, und einen Moment lang war es still in der Küche. »Das wären dann an meinem zwölften Geburtstag achtzehn Gäste. Jawoll!«

»Ach«, dachte ich. »Da funktioniert das Kopfrechnen auf einmal glänzend.«

»Und zum achtzehnten Geburtstag kommen vierundzwanzig Gäste«, fuhr sie fort. Meine Vorstellung von zwei Besuchern zur Volljährigkeit verblasste augenblicklich.

Wie Mäxchens vierter Geburtstag mit zehn Gästen (oder zwölf? Bei ihm weiß man nie) verlaufen ist und ob Lilly mir wieder ein Seidennachthemd zerrissen hat, berichte ich Ihnen ein anderes Mal.

47

Ein hektischer Start in den Tag

Mit kleinen Tricks kann man sich den Alltag erleichtern. Ich finde es zum Beispiel irrsinnig hilfreich, am Morgen beim ersten Weckerklingeln nicht gleich aus dem Bett zu springen …

Besser ist es doch, erst mal ein paar tiefe, wohltuende Atemzüge zu machen und sich anschließend mit kreisenden Bewegungen über den Körper zu streichen. Das regt den Kreislauf an. Wenn ich an dieser Stelle ganz ehrlich sein soll, habe ich es eigentlich noch nie getan. Ich nehme es mir immer wieder vor. Und letzte Woche war ich wild entschlossen, es auch wirklich einmal auszuprobieren.

Ich stellte den Wecker zehn Minuten früher, und als er dann um zwanzig nach sechs klingelte, begann ich, tief zu atmen und meinen Bauch zu massieren. Das nächste, an das ich mich erinnere ist, dass es auf einmal sieben Uhr war und wir alle einen extrem hektischen Start in den Tag hatten. Ich hatte wohl zu tief geatmet und war über den kreisenden Bewegungen wieder eingeschlafen.

Also entschied ich mich für einen anderen Trick: »Denken Sie nach dem Aufstehen nur an schöne Dinge«, lautete ein Rat aus der Zeitschrift.

Mit Sonnenblumenfeldern vor meinem geistigen Auge betrat ich lächelnd die Küche, in der meine liebe Familie bereits frühstückte. »Guten Morgen«, flötete ich.

»Wo ist mein rosa Tupperdöschen?«, entgegnete Sanne, während Samuel Marmelade vom Frühstücksbrot leckte und Mäxchen sein Messer in den Kakao tunkte.

»Der Kaffee ist alle«, muffelte mein liebster Ehemann, und ich versuchte verzweifelt, an Sonnenuntergänge im Pazifik zu denken und an blühende Rosen.

Aber das war gar nicht so einfach. Hektisch massierte ich mir einen fröhlich stimmenden Akupressur-Punkt am Ohrläppchen, der leider nicht zu aktivieren war.

»Was ziehst du dir die ganze Zeit am Ohr?«, wollte Mäxchen wissen. Dann fiel seine Kakaotasse um und ergoss sich auf die Tischdecke.

Gibt es einen Akupressur-Punkt, der vor einem Nervenzusammenbruch morgens um sieben in einer Küche ohne Kaffee bewahrt? Nein, den gibt es nicht. Deswegen begann auch dieser Tag mit dem üblichen Stress-und-Nerv-Programm.

Als schließlich alle aus dem Haus waren, ging ich los, um neuen Kaffee zu kaufen. Und da ich gehört hatte, dass es überaus beruhigend, ja geradezu meditativ sein soll, sich langsam durch die Natur zu bewegen, beschloss ich, durch den Park zu gehen.

Achtsam setzte ich einen Fuß vor den anderen, atmete tief in den Bauch und wartete auf einen ermutigenden, inspirierenden Effekt.

Doch das Einzige, was ich spürte, war – Kälte, denn es war ein eisiger Tag, und gerade begann es zu nieseln. Bei diesem Wetter war es nicht sonderlich beruhigend durch einen menschenleeren Park zu schleichen. Noch dazu ohne eine Tasse Kaffee getrunken zu haben.

Ich begann schneller zu gehen, eilte in den Supermarkt, kaufte Kaffee, stand schwitzend in der Schlange, rannte nach Hause, bekam Halsschmerzen. Und musste zugeben, dass auch dies ein weiterer Morgen der hektischen, unausgeglichenen Art war.

Vielleicht sollte ich mich nicht so sehr auf den Morgen konzentrieren, sondern zur Abwechslung mal auf den Abend? Vielleicht würde ein harmonischer, ruhiger Abend automatisch einen ausgeglichenen Morgen nach sich ziehen?

Also beschloss ich, mir einen echten Wellness-Abend zu gönnen. Mein liebster Ehemann Robert würde nicht zu Hause sein und ich könnte mir hemmungslos fettige Schönheitsmasken ins

Gesicht schmieren und Antifaltenpflaster unter die Augen kleben. Und wenn das keinen beruhigenden Effekt haben würde, dann wüsste ich auch nicht weiter.

Optimistisch gestimmt rührte ich also eine hundertprozentige Öko-Maske in meiner Küche an, bestehend aus Quark, geriebenen Mandeln und Honig. Als um halb neun endlich alle Kinder im Bett verschwunden waren, ließ ich mir ein Bad einlaufen.

»Ich will auch baden«, hörte ich ein forderndes Stimmchen, als ich gerade meinen BH abgestreift hatte.

»Ins Bett!«, rief ich Mäxchen zu und stieg schnell in das Schaumbad, bevor er anfangen konnte, mir tausend Fragen über die Unterschiede der beiden Geschlechter zu stellen. Zu spät …

»Wieso hat Papa keinen Busen?«, wollte er wissen und setzte sich nachdenklich auf den Toilettendeckel. Da ging es also schon los.

»Mäxchen!«, rief ich ein wenig schrill. »So hat es Mutter Natur eingerichtet und du könntest so lieb sein, mir meine Schönheitscreme aus der Küche zu bringen, und dann gehst du ins Bett!«

Meine selbst gerührte Maske hatte ich nämlich vor lauter Entspannung auf dem Küchentisch stehen lassen.

»Wer ist Mutter Natur?«, wollte Mäxchen wissen.

Stöhnend tauchte ich unter. Als ich wieder hoch kam, stand Mäxchen am Wannenrand.

»Da ist keine Maske«, sagte er ratlos, und dann trollte er sich ins Bett. Also hievte ich mich seufzend aus der Wanne, tropfte fröstelnd über den Flur und entdeckte auf dem Küchentisch ein leer gegessenes Schälchen. Max hatte meine Schönheitsmaske aufgegessen!

So viel zu meinem Entspannungsabend, dem mit dem Weckerklingeln am nächsten Morgen ein recht hektischer Tag folgte …

48

Die Welt mit Kinderaugen sehen

Kinder sehen die Welt anders als wir Erwachsenen. Im Museum sehen sie nicht den einmaligen Picasso, sondern das Langnese-Eisschild mit dem Pfeil nach rechts …

Auf der Straße sehen sie nicht den Bus Nummer neunzehn, der gerade um die Ecke biegt und den ich unbedingt noch kriegen muss. Nein, sie sehen den kleinen Spatz, der in einer Pfütze sein morgendliches Bad nimmt.

»Wie niedlich, Mama, schau doch mal, der kleine Spatz dort …«, murmelt Samuel hingerissen.

»Ja«, keuche ich gehetzt, ohne hinzusehen. Denn was interessiert mich ein dummer, kleiner, brauner Spatz in einer schmutzigen Pfütze – wo gerade der Bus Nummer neunzehn an der Haltestelle (die noch zwanzig Meter von uns entfernt ist) zum Halten kommt.

»Schnell, Samuel, sonst verpassen wir den Bus!«, rufe ich und beginne zu rennen.

Wir schaffen es, wir schaffen es. Juchu! Der Tag ist gerettet, ich werde es pünktlich zum Termin schaffen.

Gerade will ich einen Fuß in den Bus setzen, doch ein merkwürdiges Gefühl in der Magengrube lässt mich mich noch einmal nach Samuel umdrehen und siehe da – er ist nicht da! Er ist gar nicht mit mir losgelaufen.

»Wat iss nu?«, knurrt mich der Busfahrer an. »Rinn oder raus, junge Frau?«

Ich mobilisiere all meinen Charme und lasse ihn in mein Lächeln fließen.

»Nur ein Sekündchen noch«, flöte ich, drehe mich um und brülle wie ein Seebär: »SA-MU-EEEEL!«

Samuel hört mich nicht, denn er hockt vor der schmutzigen Pfütze, ungefähr zwanzig Meter von mir entfernt und beobachtet einen dummen, kleinen, braunen Spatz, der immer noch nicht fertig gebadet hat.

Die beiden haben die Ruhe weg! Um sie herum tobt die Großstadt, und sie scheinen es gar nicht zu bemerken, der Spatz und mein Sohn.

»Ick muss weiter!«, brummelt der Fahrer, lässt die Türen vor meiner Nase zufallen und schnaufend fährt der Bus die Straße hinunter. Der Bus Nummer neunzehn. Sie erinnern sich, das war der Bus, den ich unbedingt noch erwischen musste. Wütend laufe ich zu Samuel hinüber.

»Dass du immer so trödeln musst«, meckere ich ihn an. Der Spatz fliegt erschrocken auf und flüchtet sich auf einen Baum.

»Jetzt hast du ihn vertrieben«, beschwert sich Samuel mit vorwurfsvollem Blick. Und dann verkündet er: »Ich bleibe jetzt so lange hier sitzen, bis der Spatz wiederkommt.«

»Oh, nein!«, rufe ich entsetzt, denn ich kenne den Starrsinn meines Sohnes. »Du kommst jetzt mit mir zur Bushaltestelle – und zwar sofort!«

»Der Spatz hat sich noch nicht den rechten Flügel waschen können«, klärt mich Samuel auf. »Und alles wegen dir!«

Gleich kriege ich einen Nervenzusammenbruch. Gleich! Ich spüre ihn bereits nahen. Mit einem rosafarbenen Flimmern vor den Augen hocke ich mich zu meinem Sohn, um ihn anzusehen. »Samuel«, sage ich mit beherrschter Stimme. »Ich habe einen Termin, ich werde jetzt zu spät kommen, weil du einem Spatz beim Baden zusehen wolltest. Findest du das in Ordnung?«

»Ja«, antwortet Samuel und erwidert meinen Blick fest und unerschütterlich. »Man sieht nicht alle Tage einen so niedlichen Spatz und … ooooh, sieh mal …« Mit dem Zeigefinger deutet er in die Pfütze. Was ist jetzt schon wieder?

»Siehst du nicht?«, fragt mich mein Sohn und starrt in das trübe Wasser.

»Was ist denn da?«, will ich wissen und schaue auf die Uhr.

Noch zehn Minuten, dann kommt der nächste Bus Nummer neunzehn und wenn ich den nicht erwische, kann ich gleich wieder nach Hause gehen.

»Du guckst ja gar nicht!«, meckert Samuel. »Jetzt ist es zu spät!«

»Was ist zu spät?«, frage ich genervt.

»Da war ein Flugzeug im Wasser«, schwärmt Samuel.

Kinder mit so viel Fantasie sind einfach schwer durch den Alltag zu bewegen.

»So, so, ein Flugzeug im Wasser«, wiederhole ich abwesend. »Das ist aber toll. Und nun gib mir dein Händchen, und wir gehen zur Haltestelle.«

Widerwillig reicht mir Samuel eine schlaffe Hand und lässt sich zwanzig Meter voranschleifen.

»Da war wirklich ein Flugzeug im Wasser«, beharrt er aber, und plötzlich verstehe ich, was er meint. »Das war der Reflex eines Flugzeugs, das gerade vorüberflog«, erkläre ich ihm geduldig.

Samuel schüttelt energisch den Kopf, als wüsste er es besser: »Ich habe es doch ganz deutlich gesehen: Es tauchte am Grund der Pfütze, die eigentlich ein verzauberter Miniteich ist«, erklärt er mir freundlich, und ich muss lächeln. Das hört sich eigentlich sehr nett an.

»Richtig«, fahre ich fort. »Und in dem Flugzeug sitzt eine Prinzessin, die gerade zurück ins Märchenland fliegt.«

»Genau«, strahlt mich Samuel an, und dann erzählen wir uns Geschichten von der magischen Zauberpfütze, bis der Bus Nummer neunzehn kommt. Viel schneller, als ich erwartet hatte.

Das muss daran liegen, dass er eigentlich ein verzauberter Dinosaurier ist.

Manchmal tut es richtig gut, die Welt mit Kinderaugen zu sehen. Versuchen Sie es doch auch einmal.

49

Wenn Wünsche in Erfüllung gehen

Kennen Sie das? Man möchte etwas unbedingt tun oder haben – und wenn man es dann bekommt, will man es eigentlich gar nicht mehr …

Mir ging es neulich so. Zuerst hatte ich mich wochenlang beschwert, wie unaufregend mein Leben dahinplätscherte. Dass ich auch mal wieder etwas Schickes anziehen wollte, statt immer nur das praktische Allwetter-Mutti-Outfit (Jeans, Pulli, flache Schuhe). Dass ich überhaupt nicht mehr aus dem Haus kam. Dass ich über nichts anderes reden konnte als über das Wetter und die Erkältungskrankheiten meiner Kinder. Kurz: Ich war der Meinung, einen glamourösen Auftritt verdient zu haben.

Was man sich wünscht, das bekommt man meistens auch! Robert, der liebste Ehemann, verkündete wenig später, dass wir eine Einladung in ein piekfeines Restaurant erhalten hätten. Sein Chef, dessen Frau und ein paar wichtige Geschäftskollegen seien auch dabei.

»Endlich«, dachte ich aufgeregt, »endlich kann ich mich mal wieder in Schale werfen und Champagner trinkend geistreiche Gespräche führen.«

Was für Gespräche das sein sollten, wusste ich noch nicht so recht: vielleicht eine treffende Bemerkung über den Nahostkonflikt, eine seelenvolle Mahnung an den Umweltschutz. Oder einen brillanten Scherz über … – darüber würde ich auf der Fahrt ins französische Restaurant noch nachdenken können.

Jetzt musste ich mich erst mal um meine Garderobe kümmern. Nach kurzer Zeit hatte ich mich für ein rotes Seidenkleid entschieden, mit tiefem Ausschnitt. Sehr stilsicher. Das letzte Mal hatte ich dieses Kleid 1998 getragen, und ich hatte viele Komplimente bekommen.

Mit zärtlicher Geste befreite ich es aus seiner Plastikhülle und schlüpfte in die rote Seide. Mit einem Wonderbra würde mein Dekolleté einfach umwerfend aussehen und …

Moment mal, wieso klemmte der Reißverschluss so vehement, oder waren das meine Hüften, die da auf einmal im Weg waren? Ich erfasste meinen entsetzten Gesichtsausdruck im Spiegel, als mir klar wurde, dass mir das Kleid zu klein geworden war.

Seit 1998 war wohl viel passiert: neben zwei Geburten auch jede Menge Vanilleeis und Schokoriegel. Vielleicht war aber auch das Kleid in der Reinigung geschrumpft? So genau konnte das keiner mehr sagen.

Panisch begann mein Herz zu klopfen. Doch dann entdeckte ich einen Hosenanzug, den ich schon ganz vergessen hatte, und er passte sogar noch – wenn man davon absah, dass ich den Hosenknopf offen stehen lassen musste, was ja niemand sehen konnte.

Erleichtert begab ich mich ins Bad und begann, ein dramatisches Abend-Make-up aufzutragen – mit schwarzem Lidstrich und einigen falschen Wimpern und kirschrotem Lippenstift.

Und dann war ich ganz zufrieden mit mir, hüllte mich in eine Parfümwolke und war bereit, mich köstlich zu amüsieren.

Wenig später erreichten Robert und ich das Restaurant. Ich sah Kerzenschein auf weiß gedeckten Tischen und wusste, dass gleich alles ganz wunderbar sein würde. Die Frau des Chefs schwebte mit kunstvollem Lächeln auf mich zu:

»Liebe Frau Wekwerth, was für ein entzückender Hosenanzug! Ganz im Nostalgie-Look der Achtziger, was? Wie schön, dass sich die Mode immer wiederholt!«

Betroffen begann ich zu rechnen. Von wegen »die Mode wiederholt sich«. Dieses Stück war ein Original. Unbehaglich zog ich den Blazer nach unten, damit er den offenen Hosenknopf bedecken möge, und dann setzte ich mich schnell hin. Leider saß die Frau des Chefs neben mir.

»Was sagen Sie zu dem Schiedsrichterskandal?«, fragte sie empört und sah mir interessiert in die Augen. Also, darüber hatte ich mir nun überhaupt keine Gedanken gemacht. Zur Pisa-Studie hätte ich ihr was sagen können und zu den Richard-Strauß-Festtagen in der Deutschen Oper. Aber übers Fußballspielen?

Zum Glück kam in diesem Moment ein Kellner und stellte mir eine Frage auf Französisch. Strahlend antwortete ich: »Oui, Monsieur.« Und als er mit ernster Miene weitersprach, rief ich: »Non, Monsieur. Merci, Monsieur!«

Das würde gewiss Eindruck machen.

»Schade«, sagte die Frau des Chefs, als der Kellner gegangen war.

»Was denn?«, wollte ich wissen.

»Na, dass Sie keinen Champagner mit uns trinken werden. Nur stilles Wasser, Sie Ärmste, haben Sie ein Magenproblem?«

»Mist«, dachte ich. Oder, wie der Franzose sagen würde: »Merde.«

Doch nun war es zu spät, ich konnte nicht zugeben, dass ich kein Wort verstanden hatte. Robert saß mir gegenüber und unterhielt sich angeregt mit den Kollegen. Von »Fusion« und »Firmenanteilen« war die Rede. Dann sprach die Frau des Chefs über ihr Ferienhaus in Südfrankreich, und ich begann, mich zu langweilen. Außerdem kniff mich der Blazer unter den Armen, und ich konnte ihn ja nicht ausziehen, wegen des offenen Hosenknopfs.

Also trank ich stilles Wasser und schwieg, während sich um mich herum alle Champagner nachschenken ließen. Mit schmerzenden Füßen (die keine hohen Absätze mehr gewöhnt sind) stöckelte ich schließlich zur Toilette, fand auf meiner Wange ein Dreierbüschel falscher Wimpern wieder. In diesem Moment sehnte ich mich nach meinem schlabberigen Pulli;

nach meinen Kaffee trinkenden, albernen Freundinnen – und all unseren Gespräche über erkältete Kinder, nervige Schwiegermütter und das regnerische Wetter.

Das ist eben heutzutage mein Leben. Und ich mag es!

50

Mit Kindern shoppen? Nie wieder!

Ehrlich: Was gibt es Entspannenderes und Aufmunternderes als eine kleine Shopping-Tour? Am besten macht man so etwas mit einer guten Freundin …

Und hinterher geht man noch einen Kaffee trinken. Man kann es auch allein machen. Aber man sollte es niemals mit einem Mann, oder – noch schlimmer – mit einem kleinen Jungen tun!

Letzte Woche kam ich, rein zufällig, am Kaufhaus vorbei. Ich hatte nicht besonders viel Zeit und außerdem noch meinen jüngsten Sohn Max an der Hand. Aber ich konnte nicht widerstehen, und magisch angezogen von Lichtern und Düften fand ich mich wenig später in der Parfümerie-Abteilung dieses großen Kaufhauses wieder.

»Was machen wir hier?«, fragte Max skeptisch und riss sich seine Mütze vom Kopf.

»Nichts Besonderes«, murmelte ich abwesend, denn mein Blick war auf einen Sonderposten Tagescreme gefallen.

Ein beschwingter Verkäufer rieb sich diese Creme gerade auf den Handrücken und rief: »Einfach unglauuuublich, meine Dame, sehen Sie! Eine sichtbare Milderung der Falten wird augenblicklich herbeigeführt. Gaaaanz, ganz toll!«

Beeindruckt starrte ich auf seinen Handrücken, der glatt und faltenfrei vor meinem Gesicht schwebte.

»20 Prozent der Stirnfalten verschwinden innerhalb von nur einer Woche«, wisperte der Verkäufer verschwörerisch.

»Nein!«, rief ich beeindruckt. Und gleich noch einmal »Nein!« – diesmal nur lauter und weniger beeindruckt, denn ich sah, wie Max aus einer teuren Flasche Rasierwasser auf imaginäre Mücken schoss.

»Stell das zurück«, rief ich und bemerkte im Spiegel, wie viele Stirnfalten sich dabei bildeten. »Also, wie war das?«, wandte ich mich wieder an den Verkäufer.

»15 Prozent der Krähenfüße werden ihre Faltentiefe reduzieren«, verriet er mir mit tiefem Blick in meine Augen.

»Eine klinische Studie mit 300 Frauen hat erwiesen, dass ...«

Ich warf einen beruhigten Blick auf Max, der mir zu Füßen hockte und in meiner Handtasche kramte.

»Nur noch eine Minute, Schätzchen«, tröstete ich ihn, und dann wollte ich alles über diese revolutionäre Studie wissen.

»... dass die Falten dieser Damen ...« An dieser Stelle machte der Verkäufer eine kunstvolle Pause. Ich hielt vor Spannung den Atem an. Doch bevor er weitersprechen konnte, reckte sich ein unsauberes, kleines Händchen in die Höhe und legte etwas auf die gläserne Theke. »Was ist das?«, erklang Mäxchens laute Stimme, und zwischen mir und dem engagierten Verkäufer lag plötzlich ein Tampon. Ich fühlte, wie mir heiße Schamesröte ins Gesicht schoss. Wie peinlich! Wie außerordentlich peinlich. Das war mit Abstand das Peinlichste, das mir jemals passiert war.

»Hmpf!«, machte der Verkäufer verlegen und rieb hochkonzentriert an seinem Handrücken herum.

Mit einer hektischen Bewegung versuchte ich, den unseligen Tampon in meine Handtasche zurückzuschießen. Doch er verfehlte sein Ziel, kullerte über den glänzenden Fußboden und kam vor den Füßen eines elegant gekleideten Herrn zum Stillstand. Voller Entsetzen beobachtete ich, wie er sich schon danach bücken wollte, dann erstarrte und eilig weiterging. Mit heißem Kopf drehte ich mich wieder dem Verkäufer zu.

»Ich nehme zwei Tuben«, rief ich hastig, bezahlte, dankte, packte Max am Schlafittchen und stolperte mit ihm davon.

»Hunger«, murrte er. Gegen eine Erfrischung hätte ich nach diesem Schock auch nichts einzuwenden, und schwitzend fuhr ich mit Max viele Rolltreppen nach oben, um im Wintergarten des Kaufhauses eine Tasse Kaffee zu trinken und mich zu erholen. Irgendwann würde ich mal darüber lachen können, aber jetzt noch nicht.

Wenig später saßen wir an einem kleinen Tisch, zwischen uns standen ein Kännchen Kaffee und ein Glas mit Apfelsaft, und ich atmete tief durch. Dann bemerkte ich, dass ich keinen Löffel bekommen hatte und stand auf, um einen zu besorgen.

»Bleib hier sitzen«, sagte ich zu Max. »Fass nichts an, rühr dich nicht von der Stelle und nimm nichts aus meiner Handtasche!«

»Klaro!«, antwortete er unschuldig und sah mal wieder aus wie ein Engel. Nach zehn Sekunden war ich wieder da und rührte zufrieden in meiner Tasse.

»Mamaaa?«, fragte Max. »Wenn eine Handytastatur gesperrt ist, kann man doch eigentlich nicht telefonieren, oder?«

»Nein«, antwortete ich erleichtert. »Zum Glück nicht!«

»Aber 112 geht trotzdem. Ist das nicht toll?« Mäxchen strahlte mich voller Begeisterung an.

»Du hast die Feuerwehr angerufen?«, fragte ich und ließ die Tasse sinken. »Wann denn?«

»Na, eben, als du den Löffel geholt hast, da lag doch das Handy auf dem Tisch«, murmelte er. »Und mir war so langweilig, und dann habe ich 112 gewählt, und jemand ging ran und fragte ›Wo brennt es?‹«

»Und was hast du gesagt?«, wollte ich wissen, und meine Hände begannen zu zittern.

»Im Kaufhaus!«, antwortete er und klang nun doch etwas schuldbewusst. Wir sind dann schnell nach Hause gegangen. Im Hintergrund glaubte ich bereits das Heulen zahlreicher Feuerwehrsirenen zu hören, aber vielleicht habe ich mir das auch nur eingebildet. Ich werde mich jedenfalls nicht so schnell wieder im Kaufhaus blicken lassen. Auf jeden Fall nicht mit Max!

51

Mein Handy mag mich nicht ...

Wenn Regisseure im Film nicht weiterwissen, dann lassen sie einfach ein Handy klingeln. Im echten Leben ist es leider anders ...

Da klingeln Handys, wenn sie es nicht sollen. Und wenn sie es sollen, ist der Akku leer. So geht es mir jedenfalls immer. Ich stehe schwitzend an der Supermarktkasse, hieve Konservendosen, Kohlköpfe und Weichspülerflaschen auf das Förderband. Und ich kann sicher sein, dass in solchen Momenten mein Handy klingelt.

»Na und?«, beruhige ich mich schon im Voraus, »ich lasse es dann klingeln. So wichtig kann es schon nicht sein, dass ...«

Und dann klingelt es tatsächlich.

Aber statt gelassen zu bleiben, wie ich es mir vorgenommen habe, werde ich hektisch. Ich ramme eine Flasche Weißwein in einen Kopfsalat, und beginne, in meiner Handtasche zu wühlen, in der ungeduldig das Handy zuckt und lärmt, als hätte es etwas wirklich Wichtiges zu verkünden. Triumphierend bekomme ich es zu fassen, rufe erleichtert »Hallo?« Und merke, dass es weiterklingelt, während ich mir die zusammenklappbare Haarbürste ans Ohr gehalten habe. Ich fühle mich dumm, suche weiter, werfe nebenbei einen Fünf-Kilo-Beutel Kartoffeln auf zehn Eier aus Freilandhaltung, und ein Lippenstift fällt auf den Boden.

»Macht zweiundfünfzigsiebenunddreißig«, sagt die Verkäuferin. In diesem Moment habe ich das Handy endlich gefunden. Es hat sich hinter dem Riss im Futterstoff der Handtasche verborgen – an ein gebrauchtes Taschentuch geschmiegt. Und verstummt, sobald ich es gepackt habe.

Manchmal glaube ich fast, mein Handy führt ein eigenständiges Dasein, reist dabei vergnügt durch alle meine Taschen und klingelt ab und zu, nur mal zum Spaß, um mich auf Trab zu halten.

»Hallo?«, rufe ich trotzdem hinein, doch ich höre nur vorwurfsvolles Schweigen. »Ein Anruf in Abwesenheit«, steht auf dem Display, und ich habe das Gefühl, dass ein klein wenig Schadenfreude mit aufleuchtet.

»Zweiundfünfzigsiebenunddreißig«, sagt die Verkäuferin wieder. »Und da hinten liegt noch Ihr Lippenstift.«

Mit neun zerbrochenen Eiern und einem zerfledderten Kopfsalat komme ich wieder zu Hause an. Drei Kiwis sind auch hinüber. Schuld hat das Handy mit dem schlechten Charakter.

Es hat seitdem auch kein Lebenszeichen mehr von sich gegeben, obwohl ich es griffbereit in meiner Manteltasche hatte. Vielleicht gerade deshalb? Denn Handys klingeln am liebsten, wenn es nicht passt. Und meins ausschließlich dann.

Neulich war ich auf einem Elternabend. Die neue Klassenlehrerin stellte sich gerade vor und wollte …

»I just call to say I love you!«, röhrte es aus meiner Handtasche. Hinter mir wurde gelacht. Warum hatte ich mir auch so einen blödsinnigen Klingelton ausgesucht?

Es war ein Versuch, mich mit dem Handy auszusöhnen, eine Liebeserklärung sozusagen. Doch nun, im Klassenzimmer meiner Tochter Sanne, war ich auf einmal der Pausenclown.

»Die Handys sind bitte auszuschalten«, mahnte die neue Lehrerin, und ich wühlte mit hochrotem Kopf in meiner Tasche.

»… to say I loooooove youuuuu«, jaulte es ein letztes Mal auf, dann herrschte Ruhe in der Tasche. Noch glühte das Handy giftgrün, dann erlosch es, und ich atmete auf. »Nun«, sagte die Lehrerin. »Das pädagogische Konzept der vergangenen Jahre bedarf …«

»I just call …«, dudelte es schon wieder los. Voller Panik schüttete ich den gesamten Inhalt meiner Handtasche auf den

Schreibtisch vor mir, missachtete herumkullernde Halsschmerzpastillen, das explodierte Portemonnaie, das angefangene Paket Gummibärchen, ja sogar dem davonjagenden Tampon schenkte ich keine Beachtung. Ich krallte mir nur das vibrierende, kreischende Handy und drückte mit all meiner Kraft auf den Ausknopf. Es herrschte Stille im Klassenraum, dann räusperte sich die Lehrerin.

»Sie sind Frau Wekwerth, nicht wahr?«, fragte sie mit schmalen Lippen, und ich wusste, dass ich einen unvergesslichen ersten Eindruck hinterlassen hatte. Schnaufend machte ich mich daran, den überall verstreuten Inhalt meiner Handtasche wieder einzusammeln, und wollte vor Peinlichkeit vergehen.

In den folgenden zwei Tagen schaltete ich mein gemeines Handy nicht wieder ein. Ich wollte meine Ruhe, doch dann hielt ich es nicht mehr aus, ich musste einfach wissen, ob mir jemand eine nette SMS geschrieben hatte und ob es Nachrichten auf der Mailbox gab.

»Hallo, Tanja!«, hörte ich die Stimme meiner lieben Freundin Marie. »Wo steckst du? Wenn du das abhörst, dann renn sofort los und komm in die Kaiserstraße, hier gibt es einen Räumungsverkauf von Designermode!« Klack.

»Tanja! Um Gottes Willen. Hör doch endlich dein Handy ab. Ich habe mir eben italienische Schuhe für zehn Euro gekauft. Du musst sofort kommen!« Klack.

Diese beiden Nachrichten waren von vorgestern. Ungläubig starrte ich mein Handy an. »Du Miststück!«, fauchte ich. Die dritte Nachricht lautete: »Kommst du auf einen Kaffee? Sabine, Dagmar und Sandra sitzen hier gerade ganz gemütlich und nur du fehlst. Bis gleich hoffentlich!« Dies war eine Nachricht von Doris. Von gestern! Daraufhin beschloss ich, mein Handy nun doch immer anzulassen und es griffbereit auf »leise« zu stellen.

Doch seitdem klingelt es nicht mehr. Vielleicht ist es ja nach meiner Beleidigung kaputtgegangen? Rufen Sie mich doch mal an, aber lassen Sie es bitte lange genug klingeln …

52

Heute kommt die Zahnfee

Kennen Sie sie noch aus Ihrer Kindheit – die Zahnfee? Als ich klein war, hatte die Zahnfee allerdings noch nicht so viel zu tun …

Mir fiel der erste Zahn heraus, ich legte ihn unters Kopfkissen, und am nächsten Morgen befand sich – oh Wunder – ein silbern glänzendes Markstück darunter. Damit war die Angelegenheit dann auch schon komplett erledigt.

Nun, über dreißig Jahre später, habe ich durch meinen Sohn Samuel wieder Kontakt mit der Zahnfee. Aber sollten Sie gedacht haben, die Sache wäre wieder so schnell vom Tisch wie damals, haben Sie sich geirrt. Nicht nur die Kinder haben sich seither verändert, auch die Zahnfeen sind selbstbewusster geworden.

»Was macht die Fee überhaupt mit meinem Zahn?«, will Samuel wissen. Er sitzt im Schlafanzug auf seiner Bettkante und hält seinen am Nachmittag herausgefallenen Zahn in die Höhe.

Diese Frage habe ich mir damals nicht gestellt. Darum weiß ich auch keine Antwort.

»Sie fliegt mit ihm ins Feenreich«, improvisiere ich vorsichtig.

»Schon klar, aber dann?«, fragt Samuel. Ich zucke ratlos mit den Schultern.

»Und wie viel zahlt sie überhaupt?«, fragt er weiter.

»Sie zahlt dir, was sie kann, und sie kommt auch nur, wenn du artig warst«, sage ich streng und versuche somit, wieder Oberhand zu gewinnen.

»Ha!«, ruft Samuel und machte schmale Augen. »Die steckt wohl mit dem Weihnachtsmann unter einer Decke, was?«

»Ins Bett jetzt!«, rufe ich. Samuel legt sich hin, macht aber keine Anstalten, seinen Zahn aus der Hand zu geben.

»Dem Kai hat sie den tollen Playmobil-Schaufelbagger gebracht!«, murmelt er nachdenklich. »Ich frage mich, wie der unter das Kissen gepasst hat und warum Kai nicht aufgewacht ist und wie so 'ne kleine Fee einen so großen Karton tragen kann.«

Manche Eltern verderben einem doch die Preise! Wie kann ich Samuel nun einen schäbigen Euro unters Kissen legen, wenn andere Kinder so großartige Geschenke bekommen? »Woher weißt du denn, wie groß die Fee ist?«, versuche ich, das Thema zu wechseln.

»Das weiß doch jeder«, antwortet Samuel. »Sie sind groß wie ein Daumen und haben glitzernde Flügel und verlieren ab und an etwas Glitzerstaub!«

»So, so«, sage ich und frage mich, warum ich mir als Kind niemals solche Gedanken gemacht habe.

»Also, ich wünsche mir von der Fee einen gelben Kipplaster«, fährt Samuel fort.

Jetzt habe ich ein großes Problem. Soll ich diesem Knirps etwa sagen, dass es die Zahnfee nicht gibt und dass alles ein großes, fragwürdiges Konsumgeschäft geworden ist? Nein, natürlich nicht. Kindern soll man ihre Fantasien lassen, sonst schädigt man ihre Psyche.

Aber woher nehme ich in der kommenden Nacht einen gelben Kipplaster?

»Ach, ich freu' mich schon so«, murmelt Samuel müde und legt voller Vertrauen seinen allerersten herausgefallenen winzigen, weißen Zahn unters Kissen.

Ich bin fürchterlich gerührt. Mein kleiner großer Junge, mit der Lücke im Mund. Bald kommt er in die Schule. Ich muss schlucken.

»Nacht, Mami«, flüstert mein Sohn und schließt artig die Augen. »Ich schlaf mal schnell, damit die Zahnfee in Ruhe arbeiten kann.«

Rocket

Mit Tränen in den Augen verlasse ich das Kinderzimmer. Was soll ich nur tun? Ein Blick auf die Uhr verrät mir, dass es kurz nach halb acht ist. Wenn ich mich jetzt beeile, könnte ich es noch bis in die Spielzeugabteilung des nächsten Kaufhauses schaffen und beten, dass sie dort gelbe Kipplaster haben. Gerade kommt Robert, der liebste Ehemann, nach Hause.

»Bin gleich wieder da!«, rufe ich ihm zu und eile davon, ohne etwas zu erklären. Denn erstens würde es zu lange dauern, und zweitens habe ich keine Ahnung, was für Feen-Erfahrungen Robert in seinem Leben gemacht hat. Ich renne durch die Straßen, remple einen jungen Mann aus dem Weg.

»Ich bin eine Mutter in dringender Mission!«, rufe ich ihm zu. Und denke: »Vielleicht ist deine Mutter auch mal so gerannt für dein Seelenheil.«

Es geht um den ersten Zahn meines ersten Sohnes, und niemand kann mich aufhalten. Keuchend erreiche ich das Kaufhaus, hechte Rolltreppen nach oben, schon ertönt der Gong.

»Meine Damen und Herren. Unser Kaufhaus schließt in wenigen Minuten. Bitte begeben Sie sich zu den Ausgängen!«

Einen Teufel werde ich tun. Ich kaufe jetzt einen Kipplaster, koste es, was es wolle. Mit klopfendem Herzen stehe ich endlich vor einem Regal mit Betonmischern und Schaufelbaggern. Gibt es hier keine Kipplader? Ich fühle Panik in mir lodern.

Und dann – die Rettung! Dort steht ein Kipplader. Der letzte. Er ist zwar grün, aber das ist jetzt egal.

Ich greife ihn mir, bezahle und laufe glücklich nach Hause. Mission erfüllt. Am nächsten Morgen strahlt Samuel mit Zahnlücke, verschlafen, aber selig, aus seiner Bettwäsche. »Mensch, Mama!«, ruft er. »Wie hast du das denn geschafft?«

Kurz fühle ich mich auf den Arm genommen.

Dieser Giftzwerg! Von wegen Kinderfantasie und Seelenheil. Aber sind wir Mütter nicht im Grunde unseres Herzens auch alle ein klein wenig »Zahnfee«? Auch ohne Glitzerstaub.

53

Frauen brauchen roten Lippenstift

Wir Frauen wissen es: Mit roten Lippen wartet das Abenteuer. Mit Lipgloss passiert dagegen nicht viel. Deshalb greife ich immer wieder gerne zu …

Und dann steht trotzdem das zehnte unbenutzte Lippenstiftröhrchen in meinem Badezimmerschrank und wartet auf seinen Einsatz …

Mit den Schuhen geht es mir ähnlich. Im Geschäft drehe ich mich lasziv vor dem Spiegel herum. An den Füßen ein paar unglaubliche italienische Schuhe, sieben Zentimeter Absatz, feinste Lederriemchen um meine Knöchel, die auf einmal so zart und zerbrechlich wirken. Ich bin ein neuer Mensch!

Ich bin beinahe Sarah Jessica Parker. Und ich frage mich, warum ich nicht schon viel früher begriffen habe, dass ich im Grunde meines Herzens eine stöckelnde Dame bin, dass filigrane Absatzschuhe dem Wesen meines tiefsten Seins entsprechen: wahnsinnig weiblich und charmant. All diese Dinge und noch viel mehr gehen mir im Schuhgeschäft durch den Kopf.

»Ach«, sage ich dann meistens zu der Verkäuferin, »ich behalte die Schuhe gleich an, wenn Sie mir bitte die alten einpacken würden?«

Selbstbewusst stakse ich zur Kasse, erhasche im Spiegel einen letzten Blick auf meine gazellenhaften Waden. Ich bin bereit, mich in das Getümmel von Berlin zu begeben, als wäre es New York, und ich bräuchte nur noch meine wilden Locken zu schütteln.

Bis vor die Tür schaffe ich es meistens noch in beschwingtem Tempo. An der nächsten Straßenecke ist mein Schritt nicht mehr besonders federnd; noch eine Ecke weiter und ich beginne zu humpeln.

In der Reflexion einer Schaufensterscheibe streift mich mein schmerzverzerrtes Gesicht, und ich sehe ein, dass Berlin eben doch nicht New York ist und ich wohl auch nicht Sarah Jessica Parker bin.

»Vielleicht hat diese Frau ja auch ein Stöckelschuh-Double«, denke ich mir. »Sonst wären ihre Füße doch schon längst ganz verformt.« Und dann lehne ich mich resigniert an eine Häuserwand, lasse die mondänen Absatzschuhe in der Einkaufstüte verschwinden und hole erleichtert meine bequemen Flachtreter hervor, die sich einfach himmlisch anfühlen.

Zum Trost für diese Fehlinvestition kaufe ich mir meist einen schönen Lippenstift, meistens in Knallrot. Sie ahnen den Rest …

Mein liebster Ehemann hat dagegen eine ganz andere Schwäche, die nicht gut zu meiner passt: Er ist nämlich ein Hobby-Psychologe.

Neulich starrte er entgeistert in den Badezimmerschrank und betrachtete die kleine Armee Lippenstifte, die dort in Reih und Glied aufgebaut war. »Was ist das?«, fragte er.

»Das sind Lippenstifte«, antwortete ich wortkarg, denn wenn Männer in Kosmetikschränken herumschnüffeln, wird es meist ungemütlich.

Da ging es auch schon los: »Warum hast du … eins, zwei, drei, vier … Moment mal … siebzehn Lippenstifte?«, wollte er wissen.

»Weil ich sie brauche«, erklärte ich schnell.

»Du brauchst siebzehn Lippenstifte?«, wiederholte er ungläubig. Es gibt Dinge, die können Männer einfach nicht begreifen.

»Ja!«, rief ich und schubste ihn aus dem Bad. »Für jeden Wochentag einen!«

»Wieso dann nicht sieben?«, forschte er nachdenklich. »Wie kommst du auf siebzehn?«

»So reicht es für zwei Wochen, und drei habe ich immer in Reserve für die Feiertage«, sagte ich und stellte mich schützend vor den geschlossenen Schuhschrank.

»Was verbirgst du?«, fragte er misstrauisch.

Geben Männer niemals auf? Wie lange werden sie noch versuchen, uns zu begreifen?

»Ich verberge zwanzig Paar Schuhe, die ich alle nicht trage!«, rief ich genervt, in der Hoffnung ihn mit dieser Ungeheuerlichkeit zum Schweigen zu bringen.

Tatsächlich stutzte er kurz. Dann lachte er.

»Haha!«, machte er höchst amüsiert. »Willst mich wohl reinlegen, was? Wer hat schon zwanzig Paar Schuhe, die er nie trägt? Haha!«

Und damit ließ er von einer spontanen Psychoanalyse vor dem Schuhschrank ab und ließ mich in Ruhe.

Vor kurzem traf ich mich mal wieder mit meiner Freundin Svenja, und sie hielt mir freudestrahlend einen schwarzen Spitzen-BH entgegen.

»Ist der nicht wundervoll?«, fragte sie.

»Hast du nicht schon schätzungsweise hundert davon?«, fragte ich zurück.

Nachdenklich ließ sie sich auf einen Stuhl fallen und nickte. »Das Merkwürdige daran ist allerdings, dass ich niemals schwarze Unterwäsche trage«, flüsterte sie.

»Benutzt du roten Lippenstift?«, fragte ich zaghaft.

»Aber ja!«, rief sie und sah mich erstaunt an. »Was hat das damit zu tun?«

Svenja und ich haben an diesem Nachmittag drei schwarze BHs gegen zwei knallrote Lippenstifte getauscht, und am nächsten Tag erhielt ich von Katharina zwei brandneue Seidennachthemden, dafür hat sie von mir ein Paar Stöckelschuhe bekommen, die ich nur einmal bis zur nächsten Straßenecke getragen habe.

Unsere Männer werden davon nichts erfahren. Es würde sie bestimmt überfordern.

54

Mal wieder kochen mit Freunden

»Mach dir keine Umstände«, hatte meine Freundin Sabine am Telefon gesagt. »Wir bringen etwas mit, und dann kochen wir zusammen. Das wird lustig!«

Wird es wirklich lustig?, fragte ich mich. Aber ich wollte keine Spielverderberin sein. Wenig später kamen Sabine und ihr Mann Johann an. Sie hatten ein Paket mit zehn Eiern unter dem Arm, ein Bündel Petersilie und ein Glas Rote Bete …

Sabine riss die Kühlschranktür auf. »Wollen mal sehen«, sagte sie fröhlich. »Wir machen das ganz spontan. Habe ich mal im Fernsehen gesehen.«

Mit diesen Worten zerrte sie eine Flasche Weißwein heraus, eine Salatgurke und fünf Äpfel.

»Und was soll das jetzt werden?«, fragte ich vorsichtig und war ganz froh, dass sie das Glas Erdbeermarmelade nicht auch noch herausgeholt hatte.

»Jetzt trinken wir erst mal ein Glas Wein«, belehrte sie mich. Und während wir das taten, räumte Sabine Tunfischdosen und Mehltüten aus der Speisekammer.

»Jetzt kann es losgehen!«, rief sie und trank ihr Glas leer. »Wir könnten einen Gurken-Rote-Bete-Tunfisch-Apfel-Salat machen, das ganze mit Petersilie bestreuen und – voilà. Eine neue Kreation ist erfunden. Gibt es noch Wein?«

Johann, der bis dahin noch gar nichts gesagt hatte, räusperte sich. »Ich mag keinen Tunfisch«, mäkelte er.

»Ich habe noch ein paar Spagetti da. Lass uns doch einfach

welche kochen und dazu ein bisschen Olivenöl geben«, schlug ich vorsichtig vor.

»Langweilig!«, erhitzte sich Sabine. »Ich werde aus Mehl und Eiern einen Teig zaubern und ihn mit Eiern und Tunfisch belegen. Das ist originell und lecker!«

»Aber Johann mag keinen Tunfisch«, erinnerte ich Sabine, bevor sich ihr Mann wieder räuspern konnte.

»Hallo!«, rief Robert, der liebste Ehemann, und betrat die Küche. »Es wird gekocht?«

»Noch nicht«, sagte ich matt, denn ich hatte großen Hunger und beobachtete misstrauisch, wie Sabine Eier und Mehl verrührte und daraus eine klumpige Masse herstellte.

Robert setzte sich. »Kann ich helfen? Soll ich vielleicht den Pizzalieferservice anrufen?«, fragte er und beäugte skeptisch die verschiedenen Zutaten auf dem Küchentisch.

»Wehe!«, schrie Sabine und drohte mit einer weiß-gelb verschmierten Hand. »Ich gebe mir solche Mühe!«

Um es an dieser Stelle kurz zu machen: Der Teig gelang nicht und wurde wenig später beiseite geschoben. Sieben Eier waren übrig geblieben. »Wir braten die Äpfel mit der Gurke und …«

»… streuen Petersilie darüber«, ergänzte ich gähnend.

»Genau!«, lobte mich Sabine.

»Wenn ich doch noch den Lieferservice anrufen soll, könnt ihr ja Bescheid sagen«, informierte mich Robert und trollte sich mit Johann und der Weinflasche ins Wohnzimmer.

»Typisch«, wetterte Sabine. Und ich verschwieg, dass ich jetzt auch lieber im Wohnzimmer sitzen würde, anstatt ungenießbare Speisen zuzubereiten.

»Also gut«, rief Sabine wild entschlossen. »Jetzt geht es richtig los. Das macht doch wahnsinnig viel Spaß, oder?«

»Na ja«, erwiderte ich und biss in einen Apfel.

»Hach, du bist ja vielleicht einfallslos!«, schimpfte Sabine. »Nun schlag doch auch mal was vor.«

»Ravioli aus der Dose?«, fragte ich hoffnungsvoll.

»Ich habe eine Idee!«, rief Sabine, meinen Vorschlag ignorierend. »Wir machen rosa Rührei. Rote Bete und Eier kommen in eine Pfanne, und alles wird rosa.«

In diesem Augenblick stürmten die Kinder in die Küche.

»Rosa Rührei?«, wiederholte Sanne ungläubig und die Jungs entdeckten die Schüssel mit dem misslungenen Teig.

»Daraus könnte man Klößchen machen«, sagte Samuel, und ich sah vier schmutzige, kleine Hände in dem klebrigen Teig versinken.

»Da siehst du mal, wie kreativ und spontan Kinder sind«, sagte Sabine voller Bewunderung.

»Ich weiß gar nicht, von wem sie das haben!«, rief ich entsetzt und versuchte, die Teigschüssel an mich zu bringen.

»Von dir jedenfalls nicht«, stichelte Sabine. »Das wäre doch die Idee für den nächsten Kindergeburtstag, nicht wahr, Kinder?«

»Jaaa!«, jubelten die drei und machten sich mit Sabine daran, Rote Bete in kleine Stückchen zu hacken.

Wie das ausgesehen hat, brauche ich wohl nicht ausführlicher zu beschreiben. Fluchtartig verließ ich die Küche, hechtete zum Telefon und bestellte massenhaft Pizza mista.

Im Wohnzimmer unterhielten sich Robert und Johann angeregt, und ich zog es vor, nicht in die Küche zurückzukehren. Eine halbe Stunde später klingelte der Mann vom Lieferservice.

»Aber wir haben den Nachtisch gezaubert!«, krähte Sanne aus der Küche. Wir aßen gemeinsam die Pizza auf, und dann drohte die Stunde der Wahrheit.

»Es gibt einen süßen Apfel-Rote-Bete-Auflauf mit Zuckerklößchen und Petersilie!«, riefen alle durcheinander. Und soll ich Ihnen etwas verraten? Wenn man die Petersilie weglässt und dafür etwas Vanillesoße nimmt – dann, ja, dann schmeckt das gar nicht so übel!

P. S. Von einer spontanen Kochaktion beim Kindergeburtstag kann ich allerdings trotzdem nur dringend abraten!

55

Der süße Trick mit dem Frühstücks-Müsli …

Gesunde Ernährung und Kinder – passt das zusammen? Es gibt ja Kinder, die schon beim Anblick von Ballaststoffen und Vitaminen zusammenzucken, als wolle man sie vergiften …

Zum Beispiel mein kleiner Sohn Max. Mit finsterem Gesicht beäugt er den grauen Haufen auf seinem Frühstücksteller.

»Was ist denn das?«, fragt er missmutig. Ich muss dazu sagen, dass ich mir gerade ein neues Buch über heilsame Nahrung gekauft habe, und darin wimmelt es nur so von Begriffen wie »fettarm«, »Darmfunktion«, »Cholesteringehalt« und »zu viel Zucker«.

»Das, mein lieber Sohn«, antworte ich salbungsvoll, »ist ein selbst zubereiteter Frischkornbrei.«

Ja, ich bin stolz auf mich. Nach Art des berühmten Bircher-Benner-Müslis habe ich diese hoch gesunde Speise zubereitet und mir sogar die Getreidemühle meiner Nachbarin ausgeborgt. Denn wussten Sie schon, dass bei manchen handelsüblichen Müslis und Frühstücksflocken die Hälfte des Gesamtgewichts aus Zucker besteht? Und da Zucker Karies verursacht und keinerlei Vitamine oder Mineralstoffe liefert, habe ich beschlossen …

»Ich will aber meine Schoko-Pops«, plärrt Max in diesem Moment los. Diesmal bin ich es, die entsetzt zusammenzuckt.

»Damit ist Schluss«, rufe ich. »Aber ich schlage dir gern noch eine Banane schaumig, wenn du es süßer haben magst.«

Sanne, mein Töchterchen, kichert. »Banane schaumig schlagen?«, wiederholt sie meine Worte wie ein Echo. »Das klingt aber blöd.«

»Ist es aber nicht«, verteidige ich meine neuen Erkenntnisse. »Und jetzt esst eure Frischkornspeise.«

»Frisch-Korn-Speise?«, erklingt wieder das fragende Echo, und keines der Kinder hat angefangen zu essen.

Samuel schnuppert an seiner Portion. »Riecht komisch«, murrt er.

Um ruhig zu bleiben trinke ich einen Schluck Kaffee. (Auch nicht so besonders gesund, aber das müssen die Kinder ja in diesem Moment nicht wissen).

»Wisst ihr denn überhaupt, wie der Naturheilkundler Dr. Bircher-Benner auf die Idee gekommen ist?«, versuche ich es auf die pädagogisch wertvolle Methode.

»Wer?«, fragt Samuel desinteressiert und bohrt einen Finger in sein Müsli.

»Na, der Mann, der diesen Haufen da erfunden hat«, hilft ihm die große Schwester.

Ich seufze. Max heult noch immer in seine Frischkornspeise.

»Was gibt es heute Mittag?«, schluchzt er und plant wahrscheinlich einen Hungerstreik bis zur nächsten Mahlzeit.

»Fisch!«, rufe ich euphorisch, und die Kinder stöhnen gequält. »Fischstäbchen?«, fragt Samuel hoffnungsvoll.

»Nein!«, meckere ich. »Richtigen frischen Fisch, nicht diese zersägten Rechtecke voller Panade, sondern Fisch, der gerade erst geangelt wurde.«

»Die Fischstäbchen von Käptn Iglo sind auch ganz frisch geangelt«, belehrt mich Sanne altklug. »Das sieht man ja im Fernsehen, wie der mit seinen Matrosen aufs Meer fährt und die Netze auswirft.«

Ich seufze. »Wer's glaubt, wird selig.«

Ein resigniertes Schweigen herrscht am Frühstückstisch. Bevor mit dem Frühstücken überhaupt begonnen wurde, streiten wir uns bereits über die nächste Mahlzeit.

Wenn ich den Kindern jetzt verrate, dass es heute Abend einen geraspelten Rohkostsalat gibt, bricht eine offene Meuterei aus, von der Käptn Iglo nur träumen kann.

Ich gebe der Angelegenheit einen letzten Versuch: »Noch mal zurück zum Müsli: Der Schweizer Naturheilkundler Dr. Max Bircher-Benner ...«

»Ha, ha!«, werde ich unterbrochen und Max strahlt mich an. »Ich bin ein Doktor. Doktor Max.«

»Ja, ha, ha, ha«, grölt nun auch Samuel über den Tisch. »Doktor Max Pircher-Penner! Ha, ha, ha!«

Sanne prustet los. Wenn meine Kinder ihre Frischkornspeise auch nicht essen, sie sind jedenfalls sehr belustigt. Und das ist ja auch ganz gesund.

»Dieser Doktor Bircher-Penner, äh ... Benner ...«, fahre ich irritiert fort, »also, der hat die Idee für sein Müsli von einem Schäfer gehabt, der ihn in seine Hütte zum Abendessen einlud und dort Hafer servierte. Ist das nicht interessant?«

»Penner-Benni«, kreischen die Kinder hysterisch durcheinander und haben Spaß ohne Ende. Noch immer sind ihre Teller unberührt.

»Jetzt kostet doch wenigstens mal«, schlage ich vor und halte mich am Henkel meiner Kaffeetasse fest, um Ruhe zu bewahren. Drei gegen einen am frühen Morgen ist unfair.

Nicht mal Käptn Iglo steht mir bei, nur dieser Schweizer Körnerfreund, und dessen Geist scheint zunehmend zu verblassen.

»Ich bin Doktor Max«, kräht mein jüngster Sohn mit so viel Vehemenz, dass ich kurz versucht bin, ihm zu glauben. »Kinderdoktor!«, verbessert er sich hastig.

»Und ich weiß, dass Kinder kein Penner-Müsli mögen, wenn nicht ...« Er macht eine Kunstpause und kichert lautstark in seine Serviette. Ich halte interessiert den Atem an.

»... wenn nicht wenigstens eine Hand voll Schoko-Pops darüber geschüttet wird«, fährt er listig fort und beendet seinen knappen Ernährungsvortrag mit den Worten: »Hugh, ich habe gesprochen.«

So etwas nennt man dann wohl einen Kompromiss. Aber es funktioniert! Die Kinder kosten zaghaft, picken zuerst nur die Schoko-Pops herunter, wagen sich dann aber an das Müsli heran. »Gar nicht so übel«, gesteht Sanne.

»Popeye und Superman frühstücken auch immer Frischkornbrei«, erklärt Kinderdoktor Max mit vollen Backen, und wenig später sind die Teller leer gegessen.

Sollten Sie Ihren Kindern auch mal Spurenelemente und Omega-3-Fettsäuren zuführen wollen, dann übertreiben Sie nicht gleich, sondern versprechen Sie Schokoladenpudding zum Nachtisch. Und ich bin sicher, dass Dr. Max Bircher-Benner mit den sieben Kindern, die er hatte, auch ab und zu kompromissbereit gewesen sein muss.

56

Brauchen Sie auch einen neuen Bikini?

Im vergangenen Jahr konnte ich mich noch erfolgreich davor drücken. Aber dieses Jahr musste er passieren: der Kauf einer neuen Badebekleidung …

Warum ich das so umständlich schreibe? Weil von »Bikini« keine Rede sein konnte. Damit hatte ich mich abgefunden.

Aber dass ich mir sogar das Tragen eines Badeanzuges gründlich zu überlegen hätte, das war mir neulich in der Umkleidekabine eine neue und bittere Erkenntnis.

Es ist sowieso unklug, sich eine »Badebekleidung« im Frühling zu kaufen. Da steht man dann mit unrasierten Beinen, bleich und tendenziell übergewichtig im Neonlicht, meistens in Socken, oder – noch schlimmer – in kneifenden Nylon-Kniestrümpfen. Und kann nicht fassen, was man im Spiegel sieht.

Ich sah in beschriebener Situation eine Frau mittleren Alters, die aus hygienischen Gründen ihre Unterwäsche anbehalten und einen grün getupften Badeanzug darüber gewurstelt hatte. Ihre käsigen Beine waren vor über zwei Wochen das letzte Mal rasiert worden. Ihre Haut war fahl. Um ihre Mitte wölbte sich ein grün getupfter Ring, und ich kann Ihnen versichern, dass es kein in den Badeanzug integrierter Rettungsring gewesen ist. Entsetzt starrte ich mich an.

»Wie konntest du dich über den langen Winter so gehen lassen?«, zischte ich in den Spiegel. Ein Wunder musste geschehen. Und zwar sofort.

Ich kämpfte mich entschlossen aus dem viel zu engen Badeanzug (außerdem steht mir Grün überhaupt nicht). Hastig zog ich mich wieder an und hüpfte auf Socken und mit zerrauften Haaren zu den Ständern zurück, wo ich eine nette erdbeerrote Badekollektion entdeckt hatte. Auf einem überdimensional großen Poster trug ein Modell genau diesen Badeanzug, und es sah umwerfend aus. Das Mädchen lächelte lieblich, ihre Haut war zart golden, und obwohl sie sich nach vorn beugte, schlug ihr harter, flacher Bauch keine einzige Welle. Ob man so etwas heutzutage mit dem Computer retuschieren kann?

Hastig griff ich mir einen erdbeerroten Badeanzug und flüchtete in die Kabine zurück. Dort riss ich mir schwitzend Hose und Pullover vom Leibe. Bevor ich in den Spiegel blickte, stellte ich mir vor, meine Haut wäre auch so von der Sonne geküsst worden wie die des Models auf dem Poster. Doch als ich die Augen öffnete, versagte mir die Fantasie. Es lag nicht nur daran, dass mein karierter BH zu sehen war und meine Unterhose hervorlugte.

Es war auch die Erkenntnis, dass dieses dämliche Model so jung war, dass sie wahrscheinlich noch nie einen Eisprung gehabt hatte – geschweige denn drei Schwangerschaften. Und dass sie wahrscheinlich mit ihren dreizehn Jahren so viel Schokolade essen konnte, wie sie wollte.

In Erdbeerrot setzte ich mich auf den kleinen Hocker in der Umkleidekabine und überlegte kurz, ob ich lachen oder weinen sollte. Ich gab einen unentschiedenen Laut von mir.

»Alles in Ordnung da drin?«, rief eine Verkäuferin durch den Vorhang.

»Hm«, machte ich unsicher.

Verkäuferinnen können in so einer Situation entweder sehr hilfreich oder aber der Grund für eine Frühjahrsdepression sein.

Der Vorhang ging auf und eine rundliche, kleine Dame stand vor mir.

»Das steht Ihnen überhaupt nicht«, sagte sie streng und ich schätzte sie als eine Verursacherin von Frühjahrsdepression ein.

»Das weiß ich doch«, flüsterte ich und beneidete kurz meine Oma, wie ich sie auf einer Fotografie von 1912 gesehen hatte,

in einem gestreiften Badeanzug, der sie von Kopf bis Fuß bedeckte.

»Was halten Sie hiervon?«, rief die Verkäuferin und schwenkte etwas auf einem Bügel.

»Das ist ein Bikini«, stieß ich hervor und fragte mich, ob diese Frau mich direkt in den Wahnsinn treiben wollte.

»Sehr richtig«, sagte sie. »Und jetzt husch, hinein mit Ihnen!«

»Husch?«, fragte ich skeptisch und hielt Ausschau nach der versteckten Kamera.

Vielleicht war sie in Wirklichkeit ein verkleideter Showmaster, der sich gleich die Perücke vom Kopf reißen und »April, April!« rufen würde.

»Husch, husch!«, sagte sie aber bloß resolut und verschwand wieder. Sie hatte mir einen türkisfarbenen Bikini gebracht.

Von der Konfektionsgröße will ich an dieser Stelle gar nicht reden. Aber er hatte ein breites, im Nacken zu verknotendes Oberteil und dazu passende Shorts, die richtig sportlich aussahen. Mit klopfendem Herzen probierte ich die Sachen an.

»Und dazu gehört noch dieses schöne Tuch«, vernahm ich wieder ihre Stimme. »Das können Sie sich nach dem Bad um die Schultern legen oder um die Hüfte knoten. Was meinen Sie?«

»Aber mein Bauch ...«, widersprach ich und drehte mich vor dem Spiegel. »Meine Hüften, mein Hintern.«

»Sehr orientalisch und ausgesprochen in Mode«, sagte sie freundlich. »Und das Türkis lässt Ihre weiße Haut so edel leuchten.«

So hatte ich das noch gar nicht gesehen. Ha!

Der Sommer ist gerettet, und wenn Sie im Strandbad Wannsee eine Frau in Türkis sehen, die trotz ihrer edlen, weißen Hautfarbe eine Aura des Orients mit sich führt (und ein klein wenig den Bauch einzieht), dann bin ich das, in meinem neuen Bikini.

57

Die Sache mit dem Hochzeitstag …

Heutzutage kann man wohl alles über das Fernsehen regeln. Ob es die Handhabung schwer erziehbarer Kinder ist, das Renovieren eines Wohnzimmers in Rekordzeit …

Oder die Harmonisierung einer gescheiterten Ehe – alles ist in einer halben Stunde machbar. Und man sieht nur noch fröhliche Gesichter: Richard hat Gertrud betrogen. Gertrud weint. Richard gibt sich unschuldig. Das Publikum raunt, die Moderatorin sagt ein paar strenge Worte. Richard gelobt Besserung, rote Rosen werden auf die Bühne gebracht. Richard überreicht sie der schluchzenden Gertrud. Das Publikum applaudiert, die Moderatorin guckt zufrieden, und dann verlassen Richard, Gertrud und die roten Rosen die Bühne. Ein neues Pärchen betritt sie und alles geht von vorn los …

Genauso ist es mit der Super-Nanny, die jede Woche wieder mit gerunzelter Stirn beobachtet, wie ungezogene Kinder mit Mobiliar schmeißen und nach ihren Eltern treten. Dann zieht sie mit ihrem Köfferchen ein; stellt Regeln auf, nach denen sich Eltern und Kinder zu richten haben. Man sieht schmollende Kinder in »Auszeiten« hocken, Väter in sich gehen, Mütter Gutenachtgeschichten vorlesen und, schwupps – Sie ahnen es bereits –, ist alles wieder gut: Die Kinder puzzeln friedfertig am sauber gewischten Küchentisch und alle haben sich wieder lieb.

Ist es wirklich so einfach, das wahre Leben? Das frage ich mich immer, wenn ich solch eine Sendung verfolgt habe.

Nun ist es nicht so, dass meine Kinder mit Stühlen nach mir werfen. Aber manchmal hätte ich auch gern eine Moderatorin, die hinter mir stehen und immer das Passende sagen würde.

Zum Beispiel neulich, als Robert unseren Hochzeitstag vergessen hatte, da hätte ich zu gern gewusst, was Frau Kallwass oder »Vera am Mittag« dazu gesagt hätte. Denn als ich es Robert vorwarf, antwortete er ziemlich gelassen: »Du hast es doch selbst vergessen.«

Das stimmte zwar, aber ich war immerhin diejenige gewesen, der es nach einer Woche zuerst aufgefallen war, und so ein kleines bisschen Aufmerksamkeit wünscht sich doch jede Frau von ihrem Mann.

Das habe ich ihm dann auch gesagt, und er hat erwidert: »Und jeder Mann wünscht sich auch ein kleines bisschen Aufmerksamkeit von seiner Frau.«

Darauf fiel mir nichts mehr ein. Bestimmt hätte uns eine TV-Beraterin gesagt, dass wir unsere Bedürfnisse dem anderen aufbürden, ohne auf die des Partners Rücksicht zu nehmen – oder etwas Ähnliches. Und dann hätte man dem wahren Problem (in maximal dreißig Minuten Sendezeit) auf die Spur kommen können.

So haben wir einfach nicht mehr darüber geredet, und ich fragte mich, was da für tiefenpsychologische Abgründe in uns schlummerten.

Neulich gab es wieder eine betrogene Ehefrau, die in die Kamera schluchzte: »Nie! Niemals hätte ich gedacht, dass mein Marco ein Fremdgeher ist. Wir waren eine Bilderbuchfamilie mit unseren drei Kindern! Und dann fand ich eines Tages …« An dieser Stelle drehte ich den Fernseher lauter: »… ein rosa Unterhöschen in seiner Jackentasche!«

Die arme Frau schluchzte verbittert auf und in mir war ein Keim gesät worden. Bilderbuchfamilie? Drei Kinder? Rosa Unterhöschen? Moment mal!

Ich war ja eine komplette Idiotin gewesen, »meinem« Robert bis jetzt so blind vertraut zu haben.

Ha! Da fiel es mir ein, gerade erst letzte Woche hatte er Überstunden gemacht und war so verdächtig müde nach Hause gekommen. Also schlich ich mich zu seiner Jacke. Ich ließ meine zitternde Hand in die Tasche gleiten, in der ich kein rosa Unterhöschen fand, auch kein hellblaues, sondern ein gebrauchtes Taschentuch, einen alten Fahrschein und – ein kleines Döschen.

Nun wurde mir doch etwas schwindelig, denn in dem Döschen lagen ein paar silberne Ohrringe. Da hatte ich die Bescherung und das Beweisstück gleich dazu. Ob ich einen Termin bei Frau Kallwass machen sollte?

Als Robert wenig später mit Unschuldsmiene um die Ecke bog, musste ich an die Marcos und Richards aus dem Fernsehprogramm denken, die waren mit demselben Gesichtsausdruck auf die Bühne gekommen.

»Na du?«, fragte Robert leichthin. »Was guckst du denn so finster?«

»Typische Ausweichtaktik!«, dachte ich mir und wollte gerade zu seinem Kleiderschrank schleichen, um dort nach weiteren Schmuckstücken und Unterwäscheteilen Ausschau zu halten, da ging Robert zu seiner Jacke.

Ich hielt den Atem an. Gleich würde er erstarren, weil ihm das Geschenk für seine Geliebte wieder einfallen würde.

Mit messerscharfem Blick beobachtete ich ihn, aber er guckte immer noch so abgebrüht unbefangen, als wäre Ehebruch ein Kavaliersdelikt, und ich stand vor einem Abgrund.

Wer war dieser Mann, mit dem ich schon so lange verheiratet war, der so gut lügen konnte, der vielleicht regelmäßig die Bordelle Berlins aufsuchte und der mir gerade ein Döschen unter die Nase hielt.

»Hier«, sagte er schlicht, denn so ist er eben, »nachträglich zum Hochzeitstag.«

»Oh! Die schönen Ohrringe!«, kreischte ich erleichtert, bevor ich den Deckel gehoben hatte, denn ich kannte ja bereits den Inhalt des Döschens. Das fiel Robert aber überhaupt nicht auf, weil er eben Vertrauen in mein Vertrauen hat.

Eine Lehre habe ich aus diesem Abenteuer aber doch noch gezogen: Ich werde in Zukunft weniger fernsehen.

58

Balkonfreuden mit Einschränkungen

Neulich war ich mit meinen Kindern in einem großen Garten-Center. Ich wollte ein paar Kübel auf dem Balkon neu bepflanze, wusste ziemlich genau, was ich wollte, und dachte, innerhalb einer halben Stunde fertig zu sein. Doch ich hätte es besser wissen müssen. Kaum waren wir durch die Glastüren ins Gärtner-Paradies getreten, deutete Sanne mit leuchtenden Augen auf ein Schild, auf dem »Kleintiere« stand, Samuel trottete frohgemut in Richtung Aquarium-Abteilung und Mäxchen war bereits verschwunden, in Richtung Eisstand. »Hier geblieben!«, brüllte ich autoritär, dass es bis in den letzten Blütenkelch einer jeden Strauchrose zu vernehmen war. Nur bis in die Gehörgänge meiner Kinder drang es bedauerlicherweise nicht vor. »Ich will Kaninchen sehen«, maulte Sanne. »Immer kriegen die Jungs ihren Willen, nur weil sie jünger sind. Das ist gemein, so gemein.«

»Hier kriegt überhaupt keiner seinen Willen«, erwiderte ich, sammelte Samuel und Mäxchen wieder ein und hielt einen kurzen Vortrag, in dem es darum ging, dass wir jetzt zuerst die Pflanzen für den Balkon aussuchen würden und hinterher gemeinsam Kaninchen und Fische ansehen und dann vielleicht ein Eis essen würden. Die Super-Nanny wäre stolz auf mich gewesen. Murrend (aber immerhin) folgten mir meine Kinder in die Abteilung mit den Balkonpflanzen. »Langweilig«, maulte eine Kleine-Jungs-Stimme, die ich einfach ignorierte. »Was meint ihr?«, fragte ich betont munter. »Wollen wir weiße oder lieber rote Geranien nehmen?«

»Gar keine«, antwortete Samuel, »lieber kleine Palmen!«

»Und ich will einen Apfelbaum«, tönte Max mürrisch. »Denn ich habe Hunger.«

»Und ich habe Durst«, röchelte Samuel, als hätten ihn die Palmen inspiriert. »Durst wie in der Wüste.«

»Und ich will Kaninchen streicheln«, muffelte Sanne und beäugte die Geranien voller Hass.

Was ich dann sagte, hätte die Super-Nanny sicher nicht so toll gefunden, aber ich werde es trotzdem aufschreiben.

»Ihr haltet jetzt alle mal für fünf Minuten die Klappe!«, rief ich nämlich genervt. »Und wer einen Pieps sagt, kriegt kein Eis!« Ich weiß, dass man Kinder nicht erpressen soll. Das Schöne daran ist allerdings, dass es funktioniert. Alle drei Kinder verstummten auf der Stelle, und ich stand ratlos vor den Geranien, die mir auf einmal auch so langweilig erschienen. Rot oder weiß? Ein paar Mini-Palmen wären tatsächlich netter, leider gibt es so etwas wahrscheinlich nicht für unsere Breitengrade. Und gibt es überhaupt Mini-Palmen? Nachdenklich schlenderte ich weiter, stand eine Weile vor Begonien und Fuchsien herum und bevor ich eine Entscheidung fällen konnte, krähte Samuel hinter mir: »Fünf Minuten rum! Jetzt gibt's Fische und Frösche!«

»Nee, Eis!«, schrie Max.

»Nee, Kaninchen!«, brüllte Sanne.

Und am lautesten brüllte ich, nämlich: »Ruhe!« Einige Leute blickten sich zu uns um.

»Nimm irgendwas«, riet mir Sanne. »Ich gehe mit den Jungs schon mal Richtung Kleintierabteilung. Wir treffen uns bei den Wellensittichen!«

Keine schlechte Idee. Ich nickte gestresst und dann waren sie alle drei weg und ich stand immer noch vor den Fuchsien und wusste nicht weiter. Die Kinder hatten mich ganz durcheinander gebracht.

»Kann ich helfen?«, fragte ein freundlicher Gartenspezialist.

»Etwas für meinen Balkon«, wisperte ich verwirrt.

»Wie wäre es mit diesen weißen Geranien?«, schlug er vor.

»Haben Sie zufällig Mini-Palmen?«, fragte ich mit klopfendem Herzen, denn fragen kostet ja bekanntlich nichts und es wäre doch zauberhaft an warmen Sommerabenden zwischen Palmen auf dem Balkon zu sitzen und …

»Nein«, sagte der Verkäufer und entfernte sich zügig, als hätte ich ihm ein unmoralisches Angebot gemacht.

»Darf Sanne wirklich drei Kaninchen kaufen?«, hörte ich da Samuels ungläubige Stimme von unten und damit hatte mich die Realität wieder eingeholt.

»Was?«, rief ich entsetzt.

»Du, Mama«, flehte Max, der auch wieder da war. »Ich hätte so gern eine Schachtel voller Mehlwürmer. Die sind so süß und krabbelig.«

»Wisst ihr«, sagte ich matt. »Wir essen jetzt ein Eis und ich komme morgen Vormittag noch einmal allein her.«

»Eis?«, rief Sanne, die mit einem Gartenzwerg unter dem Arm wieder aufgetaucht war. »Au ja! Kaufst du uns diesen Zwerg für den Balkon?«

Wenn sich meine Kinder auch meistens nicht einig sind, in diesem Fall waren sie es doch. Sie wollten alle drei den scheußlich grinsenden Gartenzwerg mitsamt der kitschigen Schubkarre, die er schob und in der eine Kaninchenfamilie saß.

All das aus wetterbeständigem Kunststoff in leuchtend bunten Farben. Und sie wollten alle drei Eis essen und mit mir ausdiskutieren, warum ich jetzt nicht sofort das Sonderangebot der drei Kaninchen mitsamt Käfig und Stroh wahrnehmen wollte. Oder wenigstens einen Wellensittich kaufen würde oder den schönen Springbrunnen aus der Teichabteilung. Da wurde mir klar, dass ich mit meinen läppischen Balkongeranien auf die Kinder wohl einen überaus phantasielosen Eindruck gemacht haben musste und bestellte mir auch eine Portion Eis mit Sahne.

Am nächsten Tag bin ich wirklich noch mal wiedergekommen, allein. Ich habe weder Kaninchen, noch Apfelbäume gekauft, aber sehr viel Lavendelbüsche. Und eine Lichterkette. Und den Gartenzwerg mit der Schubkarre, denn ein bisschen Kitsch auf dem Balkon tut schließlich ganz gut.

59

Ich liebe Hamsterkäufe

»Bitte bevorraten Sie sich!«, steht auf dem Schild im Supermarkt und darunter tummeln sich bunte Konservendosen. Ich weiß gar nicht genau, was sich im Innern der Dosen befindet, ich weiß nur ganz genau, dass ich mich jetzt sofort und auf der Stelle bevorraten werde. Es muss etwas besonderes mit diesen Dosen los sein: Sie sind Sonderposten, sie sind bald ausverkauft, sie sind besonders günstig und dennoch qualitativ wertvoll. All das verbirgt sich in der Aussage »Bitte bevorraten Sie sich!« Gierig häufe ich fünf Dosen in meinen Einkaufswagen, schon streckt sich meine Hand ein sechstes Mal aus, da bemerke ich, dass es sich um Hundefutter handelt. Wahlweise mit Pansen oder Geflügel. Wir haben keinen Hund. Ich kenne auch niemand mit einem Hund. Nachdenklich ziehe ich meine Hand zurück und starre in meinen Einkaufswagen. Schade. Es war so ein günstiges Angebot und wird so bald nicht wiederkommen. Kurz erwäge ich sogar die Anschaffung eines Hundes, das wäre doch nett. So ein kleiner Golden Retriever, der sich schwanzwedelnd über seinen Futternapf mit im Preis reduzierter Pansenhundenahrung hermachen würde.

Dann gewinnt meine Vernunft wieder die Oberhand, ich werde mir keinen Hund anschaffen, ich werde diese Futterdosen aus meinem Wagen räumen und die Tomaten kaufen, für die ich eigentlich hergekommen bin. In diesem Moment komme ich an einem Sonderposten von Faltpavillons vorbei. Es gibt sie in rot-weiß gestreift und in grün-weiß gestreift. Und es sind nur noch zwei übrig geblieben. Bei dem Preis kein Wunder. Ich wollte schon immer, immer so einen niedlichen kleinen Faltpavillon besitzen. Mit ein bisschen Glück würde er sich sogar auf dem Balkon aufstellen lassen. »In wenigen Minuten aufgebaut«, steht darauf. Na, also. »Mit Erdspießen und Abspannleinen.« Das klingt doch alles sehr professionell. Nur die Erdspieße irritieren mich kurz. Soll ich die in den Betonboden meines Balkons spießen? »In einer praktischen Tragetasche«, steht auch noch auf der Verpackung. Ich werde meinen eigenen Pavillon in den Park mitnehmen können, denn er ist nicht nur einfach zu transportieren, er ist ja auch so schnell aufgebaut. Welch ein Glücksfang. Neben mir befingert eine unsympathische Frau den rot-weißen Pavillon. Ich will aber nicht den grün-weißen, schreit eine empörte Stimme in mir. Die Frau geht weiter und ich überlege mit glühend heißem Kopf, ob ich nicht schnell beide kaufen sollte. Dann habe ich gleich ein Geschenk für den nächsten Geburtstag. Jeder Mensch träumt doch im Geheimen von einem eigenen Faltpavillon.

Mit klopfendem Herzen hieve ich die beiden Schätze in meinen Wagen, recht schwer kommen sie mir vor. »Größe: 4 mal 4 Meter«, steht auf der Packung. Das ist aber groß! Wie groß ist eigentlich unser Balkon? Kleiner! Und der Weg in den Park ist auch recht weit. Seufzend hole ich die beiden Faltpavillons wieder heraus. Ich werde mir diese Anschaffung noch einmal überlegen müssen.

Und nun auf zu den Tomaten. Kurz bevor ich sie erreiche, sehe ich in einem Wühltisch sehr sportlich aussehende »Herren-Trecking-Sandalen«. Das wäre doch etwas für den liebsten Ehemann Robert. »Fußfreundliche Lederdecksohle.« Für nur … kurz muss ich schlucken … so günstig ist das: 12,99 Euro. Wenn ich auch Männer in Sandalen immer ein wenig albern finde, bei diesem Preis nimmt man das in Kauf. Ich überlege fieberhaft, ob ich nicht gleich den ganzen Wühltisch leer kaufe und ein kleines Schuhgeschäft eröffne. Ich habe nämlich den Sinn für das Geschäftliche, wie Sie sicher bereits bemerkt haben. Mit trockenem Mund suche ich nach der Schuhgröße 43. Die gibt es allerdings nicht. Ob Robert auch 41 passen würde? Die Sandalen fallen groß aus und wenn sein großer Zeh zu weit vorstehen würde, wäre auch das akzeptabel, bei dem Preis!!!

Tomaten, Tomaten, gellt es in meiner Erinnerung. Ich nehme die Sandalen in 41, komme an Sonderangeboten Mückenspray und Hühneraugenpflaster vorbei, beiße die Zähne zusammen, und kurz bevor ich die Tomaten erreiche, steht auf einmal ein hübscher kleiner Hibiskus-Busch in meinem Wagen, neben drei Paketen marinierter Schweinenackensteaks und einem Mini-Staubsauger. Ich weiß, dass ich keinen Staubsauger brauche, denn ich habe bereits einen. Aber Staubsauger kann man nie genug haben und eines Tages wird der alte kaputt gehen und ich werde triumphierend den neuen hervorholen und Robert wird bewundernd sagen, wie weise und vorausschauend ich immer einkaufe. Wenn es eine günstige Gelegenheit gibt, muss man zugreifen. Merken Sie sich das!

Als ich endlich am Gemüsestand angekommen bin, sind die Tomaten ausverkauft. Dafür kaufe ich eine Wassermelone und schiebe alles sehr zufrieden zur Kasse. Dort muss ich leider feststellen, dass ich mein Portemonnaie vergessen habe und so verlasse ich den Konsumtempel der Verführung mit leeren Händen, lasse Herrensandalen und Schweinenackensteaks zurück, sogar den Ventilator mit Fernbedienung und vier Gebläsestufen. Und wie geht es mir dabei? Sehr gut, muss ich sagen, denn sobald mir frische Luft um die Nase weht, erscheint mir die Anschaffung eines rot-weißen Faltpavillons doch ein wenig unsinnig. Stattdessen kaufe ich mir doch lieber ein paar Tomaten für das Abendessen. Und vielleicht einen netten, kleinen Hund.

60

Anrufbeantworter und ihre Tücken

Haben auch Sie einen nützlichen Anrufbeantworter, der Ihnen das Leben leichter macht? Es ist nicht die Tatsache, dass er Anrufe aufzeichnet, wenn ich nicht da bin, was ihn für mich wertvoll macht. Es ist vielmehr so, dass ich ihn anspringen lasse, wenn ich da bin. Dann stehe ich neben der blinkenden Maschine und »siebe« erbarmungslos Anrufer heraus, mit denen ich gern spreche, und solche, mit denen ich im Moment (oder überhaupt nicht) sprechen möchte. Dazu gehört unter anderem meine Schwiegermutter.

Mein Aussiebverfahren hat jahrelang reibungslos funktioniert. Immer hörte ich mir erst einmal an, wer da etwas von mir wollte. Seit einiger Zeit ist das leider nicht mehr möglich, denn meine Kinder haben ihr Interesse am Telefon entdeckt. Wenn es klingelt, beginnt bei uns eine wilde Jagd und drei kreischende Kinder stürzen in die Diele, denn zu groß ist die Neugier, wer da gerade anruft. Schließlich könnte es der Weihnachtsmann sein, erklärte mir Mäxchen neulich. »Oder der Neue aus der Klasse«, unterbrach ihn Sanne mit verklärtem Blick. »Oder die Leute von dem Playmobil-Preisausschreiben, an dem ich teilgenommen habe«, ließ mich Samuel wissen. Oder meine Schwiegermutter, dachte ich still. Wie sie sehen, sind meine Kinder Menschen, die aktiv an einem gesellschaftlichen Leben teilhaben. Ich tue das zwar meistens auch, aber wenn ich die Wahl habe, mit Tante Marlies über ihre neue Dauerwelle zu reden oder das dem AB zu überlassen, brauche ich nicht lange nachzudenken.

Neulich war es wieder so: Das Telefon klingelte, es wurde dreistimmig »Ich geh raaaan!« geschrien und alle hasteten los. Ich hinterher. Samuel war der erste, der den Hörer an sich riss und hoffnungsvoll »Hallo?« hineinschrie. Dann war es für ein paar Sekunden still, wir lauschten gespannt. »Hallo, Tante Marlies«, hörte ich Samuel sagen und ein lautes Stöhnen entfuhr mir. Sanne und Mäxchen trollten sich enttäuscht in ihre Zimmer. Wieder kein Weihnachtsmann, wieder nicht der Neue mit den blonden Locken. Nur Tante Marlies. »Ich bin nicht da«, flüsterte ich hitzig in Samuels Richtung, der mit gelangweiltem Gesicht in den Hörer horchte. Mit wilden Gesten versuchte ich meinem Sohn klarzumachen, dass ich gerade dabei war, mich in Luft aufzulösen. »Moment mal, Tante Marlies«, sagte Samuel in diesem Moment. »Mama versucht mir gerade was zu sagen.«

»Hach«, machte ich entnervt.

»Ich glaube, sie will nicht mit dir sprechen«, fuhr Samuel seelenruhig fort. »Bist du verrückt?«, zischte ich ihn an und dann wurde mir ein warmer Telefonhörer in die Hand gedrückt. Er klebte sogar ein wenig von den Schokoladenkeksresten, die noch an Samuels Fingern gehaftet haben mussten, und ich wurde, mitsamt Tante Marlies am Ohr, meinem Schicksal überlassen. Diesmal musste ich mir zuerst jede Menge Vorwürfe anhören, über den mangelnden Zusammenhalt in dieser Familie, gefolgt von einem ausführlichen Bericht über das Wachstum von Tante Marlies Geranien auf dem Balkon. All das kostete mich fünfundfünfzig Minuten. Als ich erschöpft aufgelegt hatte, knöpfte ich mir Samuel vor.

»Wenn ich den Kopf schüttel, dann heißt das, dass ich gerade nicht zu sprechen bin, okay?«

»Okay«, murmelte Samuel. Eine Stunde später klingelte das Telefon. Wieder gab es den bereits mehrfach beschriebenen Tumult in der Diele. Diesmal gewann Mäxchen. Dass es nicht der Weihnachtsmann war, der jetzt mit ihm sprach, konnte ich an seinem Gesicht erkennen. »Ja, Oma«, sagte er gerade.

Nein! Nicht! Nicht meine Schwiegermutter! Das würde mich weitere fünfzig Minuten meines Lebens kosten. Dafür hatte ich jetzt, nach Tante Marlies Geranien, einfach keine Kraft mehr. Ich schüttelte wie besessen meinen Kopf. Ratlos sah mich Mäxchen an und gerade als er den Mund öffnen wollte, um etwas Verräterisches zu sagen, nahm ihm Samuel den Hörer ab. Ah, dachte ich erleichtert, mein großer Junge! Er hält zu mir. Er versteht mich.

»Weißt du, Oma«, hörte ich ihn vertraulich flüstern. »Wir haben eine Abmachung, die Mama und ich, aber davon weiß ja Mäxchen nichts. Immer wenn Mama den Kopf schüttelt, dann will sie nicht telefonieren, und sie schüttelt gerade wie wild den Kopf!«

Hastig riss ich Samuel den Hörer aus der Hand. »Hallooo!«, flötete ich hektisch. »Was die Kinder wieder erzählen ... wie geht es dir?«

Wie die sauertöpfische Antwort lautete, erspare ich Ihnen an dieser Stelle lieber. Auf jeden Fall hat mich diese Antwort über eine Stunde meines Lebens gekostet. Endlich konnte ich auflegen und ich begann fieberhaft über eine Lösung nachzudenken. Die habe ich inzwischen übrigens gefunden. Ich habe mit den Kindern ein kleines privates Wettbüro eröffnet. Wenn das Telefon klingelt, rennen wir gemeinsam hin und jeder gibt seinen Tipp ab. »Marie – der Neue – Tante Gerda – falsch verbunden – Papa!«, ruft es durcheinander und dann springt der AB an, wir lauschen mit klopfendem Herzen und meistens liegt einer von uns richtig. Nur der Weihnachtsmann hat sich noch nicht gemeldet. Bei dem würden wir auch rangehen.